Quanto preciso pesar para ser à prova de uma bala perdida?

New Scientist
Organizado por **Mick O'Hare**

Quanto preciso pesar para ser à prova de uma bala perdida?

Tradução de
CARLOS DUARTE

EDITORA RECORD
RIO DE JANEIRO • SÃO PAULO
2007

CIP-Brasil. Catalogação-na-fonte
Sindicato Nacional dos Editores de Livros, RJ.

Q24 Quanto preciso pesar para ser à prova de uma bala perdida?/ New Scientist; tradução de Carlos Duarte. – Rio de Janeiro: Record, 2007.

Tradução de: Does anything eat wasps?
Baseado em perguntas e respostas de leitores da coluna "Last Word"
ISBN 978-85-01-07646-5

1. Ciências – Miscelânea. 2. Perguntas e respostas. 3. Curiosidades e maravilhas. I. New Scientist.

07-2347 CDD – 502
CDU – 50

Título original em inglês:
DOES ANYTHING EAT WASPS?

O tradutor agradece a colaboração de Anna Duarte

Direitos exclusivos de publicação em língua portuguesa para o Brasil adquiridos pela
EDITORA RECORD LTDA.
Rua Argentina 171 – Rio de Janeiro, RJ – 20921-380 – Tel.: 2585-2000
que se reserva a propriedade literária desta tradução

Impresso no Brasil

ISBN 978-85-01-07646-5

PEDIDOS PELO REEMBOLSO POSTAL
Caixa Postal 23.052
Rio de Janeiro, RJ – 20922-970

Sumário

Introdução

Quando em 1994 a revista *New Scientist* começou a publicar uma coluna semanal sobre ciência — *The Last Word* [A palavra final] — composta de perguntas e respostas corriqueiras enviadas por seus leitores, um dos editores nos perguntou quanto tempo esperávamos que ela fosse durar. As estimativas variavam de 12 meses a cinco anos. Um de nossos companheiros argumentou: "Se atingíssemos dez anos, seria surpreendente. Seriam mais de quinhentas semanas de perguntas — e eu acho que não existem tantas perguntas por aí a serem feitas."

Onze anos depois, você está aqui lendo este livro, uma seleção espirituosa, e às vezes esotérica, de perguntas e respostas de uma coluna que não mostra qualquer sinal de desgaste. Nos últimos cinco anos os leitores nos contaram, espontaneamente, quão pesada uma pessoa precisa ser para se tornar à prova de balas, por que as bebidas alcoólicas escuras causam ressacas mais fortes do que as claras, como avaliar a quantidade de chuva contida numa nuvem e por que comer batatas verdes pode ser extremamente perigoso. E a *Last Word* também provocou o desenvolvimento de um projeto de pesquisa cujas conclusões foram posteriormente publicadas na revista especializada *Physica A*. Dois grupos de pesquisadores, um da Espanha e outro dos Estados Unidos, ficaram tão tocados por uma pergunta por nós colocada — "Por que o licor Tia Maria interage de modo tão drástico com o creme *chantilly?*" — que se empenharam em encontrar uma boa resposta. Você verá o que descobriram na página 152.

Afinal, por que nossa coluna superou todas as expectativas? Bem, como meus colegas costumam me dizer, o meu trabalho é o mais fácil da revista. A coluna *Last Word* é inteiramente movida pelo entusiasmo dos leitores da *New Scientist*. Sem a constante colaboração que eles nos trazem, a *Last Word* não existiria, e você não estaria lendo este livro agora. Todas as semanas nossa caixa de e-mails é inundada com novas perguntas feitas pelos leitores, que são instantaneamente respondidas por seus pares. Este livro é o resultado do esforço de todos eles.

Se você apreciá-lo, junte-se aos nossos colaboradores comprando a revista ou acessando a página http://www.newscientist.com/lastword.ns, onde poderá enviar sua própria pergunta ou responder a uma pergunta feita por outra pessoa. Mas lembre-se, a *Last Word* é dedicada a indagações triviais. Não pretendemos solucionar os mistérios da existência humana, mas somos capazes de lhe dizer por que a cor do chá muda quando a ele se adicionam algumas gotas de limão. Não sabemos se existe vida em outra galáxia, mas sabemos como criar bolhas numa barra de chocolate. Dedicamo-nos ao corriqueiro.

Em 1994, o editor que estava cético quanto ao sucesso da coluna prometeu que daria uma festa caso a *Last Word* ainda existisse em 2004. Da mesma forma que o fracasso foi esperado em vão, continuo a aguardar pela festa prometida, para a qual gostaria de convidar todos os que fizeram da coluna um sucesso.

Mick O'Hare

O editor estende seus agradecimentos a Jeremy Webb, Lucy Middleton, Alun Anderson e às equipes de subeditores e de produção da revista *New Scientist* por terem tornado este livro muito melhor do que teria sido sem a sua participação.

Nossos corpos

Quebrando cristais

Quando eu e meu amigo Paul cantamos juntos, sua voz soa como a do barítono galês Bryn Terfel, enquanto a minha parece mais com a de um hipopótamo ferido. Quais são os pré-requisitos anatômicos para se ter uma voz melodiosa e naturalmente agradável?

Chris Newton
Moreton Valence, Gloucestershire, Reino Unido

Como em todos os instrumentos musicais, a qualidade da voz depende, em grande parte, da ressonância. Um tenor italiano famoso permitiu que sua laringe fosse estudada após sua morte. O ar soprado em suas cordas vocais isoladas produziu o mesmo som que produziria em outro cadáver sem qualquer talento musical (algo entre o barulho que se faz soprando com a língua entre os lábios e o som comprometedor que se ouve ao sentarmos sobre certas almofadas).

A vibração fundamental das cordas vocais se torna um esplendor operístico se a ela se acrescentam os harmônicos desejados. Alguns deles resultam de qualidades anatômicas naturais, tais como a forma e a espessura dos dentes, mandíbula e sínus, e outros surgem pela forma com que o cantor aprende a usar sua orofaringe, que é a parte da garganta que fica no fundo da boca. Com treino, chega-se a um bom aperfeiçoamento. Supõe-se que as pessoas com uma voz melodiosa "naturalmente agradável" tenham uma feliz coincidência entre a forma de seu esqueleto e da sua orofaringe.

David Williams
New Lambton Heights, New South Wales, Austrália

Os sons vocais têm origem na corrente de ar que flui através da laringe, proeminência que pode ser notada como pomo-de-adão no pescoço masculino. Quase no fundo da laringe estão localizadas as pregas vocais, que são um par de abas, compostas de músculos, cuja espessura, superfície, forma e tensão podem ser controladas. As pregas estão abertas quando se respira, mas, quando se produz um som, elas se aproximam e a pressão do ar aumenta sob elas até que sejam forçadas a se separar. Depois de se reduzir a pressão com a expiração, as pregas se fecham novamente. A repetição do processo cria uma pulsação da corrente de ar cuja freqüência determina a modulação do som.

O som das palavras, faladas ou cantadas, é criado pela modificação da corrente de ar. Muitas das consoantes cortam o som, ao passo que as vogais o sustentam. O som das letras w, y, l e r* situa-se entre estes dois extremos, comprimindo a corrente de ar para modificar suas propriedades acústicas. Depois de deixar a laringe, o ar passa pela orofaringe, a parte superior da goela, e chega à boca. Juntos, esses elementos podem ser comparados ao tubo de um instrumento de sopro, entre o bocal (as cordas vocais) e o pavilhão (os lábios). O ar, fluindo através de qualquer tubo, desenvolve freqüências ressonantes conhecidas como formantes.** Em um homem adulto, o formante mais baixo mede cerca de 500 hertz. Ao mudar o formato do tubo com o arqueamento da língua, a abertura da mandíbula, a articulação dos lábios ou a posição da laringe, a freqüência de cada formante aumentará ou diminuirá. Fazemos isto de forma inconsciente, mas os cantores aprendem como controlar essas partes da sua anatomia.

Além disso, os cantores possuem outro formante, que se acredita ser produzido pela posição da onda de ar fixada no curto tubo entre as pregas vocais e o ponto onde a laringe é mais estreita e encontra a orofaringe mais larga. Em termos acústicos, há uma disparidade de impedância nesta junção e, assim, parte da energia do

*O som dessas letras se refere à sua articulação das palavras na língua inglesa. (*N. do T.*)

**As ressonâncias do trato vocal são os picos suaves do espectro de um som. (*N. do T.*)

som é refletida de volta às pregas vocais. Este efeito é fraco na fala normal em virtude de o tubo ser muito curto, e em cantores sem experiência, pode ficar ainda menor, pois suas laringes tendem a subir na tentativa de cantar mais alto e com maior intensidade. Porém, em cantores treinados, a laringe desce e alonga o tubo, produzindo um efeito bastante significativo. Esta técnica aumenta o brilho e a projeção da voz e é responsável pelos agudos e graves que indicam seu timbre. Por essas razões, esse formante é chamado de "formante dos cantores". Nos baixos é da ordem de 2.400 hertz, elevando-se para 3.200 hertz, ou mais, nos sopranos.

A pulsação da corrente de ar possui uma freqüência fundamental e uma série completa de harmônicos. Sua intensidade é alterada pelos formantes responsáveis pela criação das vogais. A arte de cantar é fazer o que qualquer ser humano faz quando produz um som agradável e ainda cria uma linha melódica com variações de volume cuidadosamente controladas para transmitir sentimento e expressão.

A técnica para se tornar um ótimo cantor se parece com aquela exigida para quem deseja se tornar um pianista-concertista. Porém, a voz é um instrumento bastante frágil, que mais cedo ou mais tarde começa a se deteriorar.

Há muitos motivos que impedem as pessoas comuns de cantar bem, embora consigam reproduzir sons com afinação. O alcance das freqüências produzidas por suas pregas vocais não consegue entrar em harmonia com seus formantes — uma voz de baixo aliada aos formantes de um barítono, por exemplo. Certas pessoas não são capazes de ter controle suficiente sobre a laringe ou a língua para trabalhar os formantes. Em outros casos, as vibrações das pregas vocais podem ser irregulares. Algumas vezes, as pregas vocais não se fecham corretamente ou estão secas demais para funcionar de forma adequada. O álcool e a fumaça do cigarro acabam por secar a mucosa que normalmente as mantém lubrificadas.

Richard Holroyd
Cambridge, Reino Unido

Hematomas coloridos

Por que os hematomas mudam várias vezes de cor antes de desaparecerem? Posso entender por que eles tornam a pele vermelha ou roxa, mas o que causa sua coloração amarelo-esverdeada? E por que essas cores demoram um dia ou dois para aparecer? Com certeza, o impacto e o derrame ocorrem no momento da pancada.

Rick Rossi
Birmingham, Reino Unido

O hematoma ocorre quando pequenos vasos capilares se rompem sob a pele. A hemoglobina no sangue que se espalha dá ao hematoma a tonalidade clássica vermelho-arroxeada. O organismo, então, produz glóbulos brancos para reparar o dano na região contundida, o que provoca o rompimento dos glóbulos vermelhos e produz as substâncias responsáveis pelas mudanças de cor.

Da quebra da hemoglobina resultam a biliverdina, que é verde, e a bilirrubina, que é amarela. Com o tempo, o local do hematoma vai clareando e as cores vão esmaecendo.

É um processo semelhante que elimina os glóbulos vermelhos que perderam suas propriedades. Os glóbulos brancos, chamados macrófagos, promovem a quebra dos glóbulos vermelhos mortos no baço, no fígado, na medula óssea e em outros tecidos. A bilirrubina absorvida pelo fígado é convertida em bile e usada na digestão dos alimentos. É a bilirrubina que contribui para dar às fezes a sua coloração característica.

Claire Adams
Belmont, Western Australia

A bilirrubina — resultado da quebra da hemoglobina — tem cor amarelada e é excretada pelo organismo como um componente da bile. A bile, por sua vez, é produzida para ajudar a digestão das gorduras, numa reciclagem bastante eficiente.

O acúmulo excessivo de bilirrubina em nosso organismo ocorre em certas enfermidades, como a hepatite, dando à pele uma tonalidade amarelada, também conhecida como icterícia, bastante comum em recém-nascidos.

A pele com icterícia provoca coceira, pois a bilirrubina é irritante, enquanto a pele com um hematoma fica sensível ao toque. A luz ultravioleta auxilia a quebra da bilirrubina, sendo o tratamento usado em bebês ictéricos.

Frankie Wong
Sydney, Austrália

Às vezes, as marcas dos hematomas levam muito tempo para aparecer porque o derrame ocorreu nos tecidos mais profundos do corpo. O corpo sob a pele não é uma massa amorfa — é composto por músculos e órgãos separados por camadas de tecidos fibrosos (que podem ser facilmente identificados nas juntas de peças de carne nos açougues). Quando o sangue sai de vasos danificados, freqüentemente fica impedido de chegar rapidamente à superfície da pele devido às camadas de tecidos. Ou demora um certo tempo para se espalhar sob o tecido subcutâneo.

A bainha dos tecidos fibrosos também explica por que a marca de um hematoma aparece, às vezes, a certa distância de onde se deu a contusão. É que o derrame do sangue faz seu caminho somente por onde não há proteção dos tecidos fibrosos.

Stewart Lloyd
Consultor de medicina ocupacional
Brigg, North Lincolnshire, Reino Unido

Ressacas previsíveis

Vi recentemente um folheto publicado por Health Scotland que dizia que quanto mais escura for a cor de uma bebida alcoólica, maior é a ressaca que ela causa. Uísque, vinho tinto ou conhaque causarão um despertar pior do que vodca ou vinho branco, pois as bebidas mais escuras contêm algo chamado congênere. Experimentei, e parece que é verdade. Mas será que foi por causa dos tais congêneres? Se foi isso, o que são eles e o que eles fazem?

Richard King
Glasgow, Reino Unido

Muitas pessoas consomem bebidas alcoólicas por seu teor de etanol. Todavia, muitas bebidas contêm outros componentes, biologicamente ativos, conhecidos como congêneres. Os congêneres trazem moléculas orgânicas complexas, tais como os polifenóis e outros tipos de álcool, como o metanol e a histamina. Estas substâncias são produzidas, junto com o etanol, durante a fermentação ou no processo de envelhecimento das bebidas.

Acredita-se que os congêneres contribuam para os efeitos tóxicos das bebidas e a conseqüente ressaca. As pessoas que consomem bebidas alcoólicas à base de etanol puro, como a vodca, sofrem ressacas mais brandas do que aquelas que consomem bebidas mais escuras, como o uísque, o conhaque ou o vinho tinto, que têm um teor mais alto de congêneres.

O principal culpado pelas ressacas é o congênere metanol. Os seres humanos metabolizam o metanol de modo similar ao etanol, mas o resultado final é diferente. O etanol gera acetaldeído. Quando o metanol se decompõe, o resultado principal é o formaldeído — mais tóxico do que o acetaldeído —, que pode causar cegueira ou morte, quando ingerido em altas doses. O etanol inibe o metabolismo do metanol, e é por isso que dizem que continuar bebendo (bebidas claras) é um ótimo remédio para curar a ressaca do dia seguinte.

Estudos demonstram que os efeitos desastrosos da ressaca provocada por bebidas alcoólicas decrescem na seguinte ordem: conhaque, vinho tinto, rum, uísque, vinho branco, gim, vodca e etanol puro.

Eric Albie
Hull, East Yorkshire, Reino Unido

Histórias venenosas

Estou lendo um livro chamado Deadly Doses: A Writer's Guide to Poisons [*Doses mortais: um guia do autor para venenos*] *e ele levanta duas questões. Quando eu ainda estava na escola, meu professor de biologia disse à turma que era possível beber um veneno de cobra e sobreviver, pois o veneno é uma proteína e, como tal, seria assimilado pelo processo digestivo. Ainda assim, o livro diz que o veneno de cobra é mortal quando ingerido. Quem está certo? E mais, é possível desenvolver tolerância ao arsênico e sobreviver a uma dose mortal, como diz Dorothy L. Sayers em seu livro* Strong Poison [*Veneno forte*]?

Darren Fowkes
Ilkeston, Derbyshire, Reino Unido

Os leitores devem ser prevenidos de que, ao que parece, não há um consenso sobre o que é seguro. Uma coisa, porém, é certa: essas substâncias são perigosas e devem ser tratadas com extremo cuidado, não devendo ser ingeridas de forma alguma. (N. do E.)

Observei um perito em ofídios zambiano, o major Alick Chanda, extrair o veneno de uma víbora (*Bitis arietans*), colocá-lo numa taça de vinho para bebê-lo em seguida, sem que isto tenha lhe causado qualquer mal.

O veneno dos ofídios contém uma mistura complexa de proteínas cuja composição varia de espécie para espécie. É classificado em três grupos principais: citotóxicos, que atacam as células e os tecidos e são produzidos pelas víboras e cobras venenosas; neurotóxicos, que afetam os nervos e são produzidos pelas serpentes peçonhentas, como a mamba; e hemotóxicos, que afetam o processo da coagulação sangüínea e são produzidos pelas serpentes com dentes pontudos no fundo da boca, como a cobra-de-papo e a cobra-pássaro. Qualquer que seja a espécie, o veneno tem que entrar na corrente sangüínea para causar algum efeito. É por esta razão que os dentes das cobras venenosas são como agulhas hipodérmicas. Se você engolir veneno, desde que não tenha lesões no trato gastrintestinal, as proteínas serão quebradas em aminoácidos inofensivos e absorvidas, como normalmente acontece com as proteínas durante o processo digestivo.

Já o arsênico é um caso totalmente diferente. Por ser um elemento, ele não é afetado pelo processo digestivo. É venenoso em doses tão ínfimas como 65 miligramas. O envenenamento resulta tanto de uma única dose exagerada quanto de pequenas doses repetidas, como a inalação de gases ou poeira, ou ainda pelo consumo de água contaminada.

Há vários relatos de pessoas que adquiriram tolerância ao veneno pela ingestão continuada de pequenas doses. No século II a.C., o rei Mitrídates IV ficou famoso por ter usado este método de forma tão eficaz que quando tentou se suicidar ingerindo o veneno, após sua derrota na batalha de Pompéia, não obteve êxito e teve que ser esfaqueado até a morte. Já Rasputin teria ingerido arsênico regularmente, para se precaver da ameaça de ser assassinado por envenenamento.

Porém, a base fisiológica para tal tolerância nunca foi comprovada, e o arsênico, mesmo em doses pequenas, é sabidamente cancerígeno. Se observarmos o efeito causado por doses mínimas, absorvidas continuadamente pela população miserável de Bangladesh, cujos poços de água estão contaminados com este elemento, veremos quão perigoso e fatal ele é.

Alistair Scott
Gland, Suíça

Em certa ocasião, nos Estados Unidos, havia domadores de serpentes em parques de diversões. Ross Allen, da Flórida, um dos mais famosos deles, extraía o veneno de cascavéis num copo e depois o bebia. Ele nunca demonstrou ter sofrido qualquer efeito nocivo, embora afirmasse que o veneno tornava difícil "assoviar" durante algum tempo após a ingestão.

Altas concentrações de veneno, quando dadas aos animais por via oral, têm grandes chances de se tornarem letais. A quantidade de veneno administrada com propósito experimental é quase o volume máximo que o estômago pode conter. Se administrada de forma intravenosa, esta mesma dose equivale a dezenas de milhares de vezes o LD50 — isto é, a quantidade de veneno que mata 50% de um grupo de cobaias no laboratório. Quando o veneno é ingerido oralmente, a morte é seu resultado direto, e não um subproduto de sua digestão. Entretanto, a administração de um antídoto pode salvar o animal.

Professor Joseph F. Gennaro Jr. (aposentado)
Faculdade de Medicina da Universidade da Flórida,
Gainesville, Estados Unidos

É possível desenvolver tolerância ao arsênico e sobreviver a uma dose que normalmente seria fatal.

O arsênico é tóxico porque se liga às proteínas necessárias ao metabolismo, tornando-as inativas. Porém, o efeito do arsênico sobre o organismo neutraliza-se por meio de enzimas chamadas metalotioninas. A presença do arsênico estimula as células do fígado a produzi-las em maior quantidade. Se pequenas quantidades de arsênico forem ingeridas durante um tempo, a produção das enzimas será estimulada com mais freqüência, aumentando o nível de tolerância.

Este é o mesmo tipo de mecanismo que faz com que os alcoólatras consumam bebidas em quantidades que matariam um abstêmio.

Craig Fitzpatrick
Estcourt, Western Australia

Somente um idiota beberia veneno, porque doses fatais podem entrar na circulação por pequenas feridas na membrana da mucosa do trato digestivo.

Muitos venenos contêm enzimas que danificam os tecidos e provocam envenenamento. Embora certas proteínas tóxicas sejam mais letais quando injetadas, outras podem atravessar as paredes do estômago. Este fator de absorção é maior em crianças, mas até adultos chegam a morrer pela ingestão de pequenas doses de proteínas extremamente venenosas, como a ricina. As enzimas do estômago destroem alguns dos venenos mais poderosos lentamente para garantir maior proteção, embora muitos deles sejam capazes de resistir à destruição ou mesmo inibir algumas das proteases digestivas.

Em relação ao arsênico inorgânico, os relatos de tolerância são confundidos com histórias mirabolantes, charlatanismo, manipulação de receitas mal aviadas e reações pessoais. A química afeta a toxicidade (os arsenitos são mais venenosos que arseniatos ou compostos sulfurosos) e o estômago absorve com menor facilidade as matérias fibrosas e de difícil dissolução. O arsênico solúvel, longe de induzir tolerância se ingerido em pequenas doses, tem um efeito cumulativo perigoso.

A história de Dorothy L. Sayers, da geléia colocada na omelete, é engenhosa, mas antes que um pretenso assassino tenha conseguido matar alguém com este método, ele próprio, provavelmente, terá morrido.

Jon Richfield
Somerset West, África do Sul

? Sobrancelhas expressivas

Por que as pessoas têm sobrancelhas?

Ben Holmes
Edmonton, Canadá

Meu pai sofre de alopecia,* e, por causa disso, não tem mais sobrancelhas. No calor, o suor escorre para dentro de seus olhos, fazendo-os arder; sob a chuva, ele tem de ficar enxugando-os o tempo todo. Assim, as sobrancelhas servem para proteger os olhos das gotas de suor e de chuva. Quem não tem sobrancelhas sente muito desconforto.

Valerie Higgins
Telford, Shropshire, Reino Unido

Usamos os movimentos de nossas sobrancelhas para revelar nossas emoções. A posição das sobrancelhas enfatiza as expressões do rosto humano, mostrando aos outros

*Ausência, congênita ou não, dos cabelos ou dos pêlos do corpo. (*N. do T.*)

uma imagem clara sobre seu humor, e nos permite avaliar se a pessoa está receptiva à nossa chegada ou se seria mais conveniente adiarmos nossa aproximação.

O sorriso se apresenta de várias maneiras, desde expressões de alegria e contentamento até de malícia, afetação e mesmo raiva. A posição da testa, realçada pelas sobrancelhas, é que nos dá a pista do que as pessoas realmente sentem.

A importância da posição das sobrancelhas como um sinal do estado de espírito da outra pessoa só foi percebida por mim quando uma amiga fez aplicações de botox nas rugas de expressão da testa e ficou sem ter como levantar ou abaixar as sobrancelhas. Conversar com ela se tornou uma experiência desconcertante. A metade inferior de sua face movia-se normalmente, enquanto suas sobrancelhas permaneciam paralisadas. Eu não conseguia avaliar corretamente o seu humor apenas pela expressão de seu rosto e precisei lançar mão de outros recursos, como seus gestos e palavras.

Alison Venugoban
Ngunnawal, ACT, Austrália

As sobrancelhas são importantes para expressar emoções. Talvez a principal manifestação expressiva seja a de erguê-las e abaixá-las para denotar reconhecimento e aprovação. A capacidade de enviar mensagens telegráficas amistosas pelas sobrancelhas a uma certa distância pode ter sido até um fator de sobrevivência para nossos ancestrais.

O movimento das sobrancelhas em seus vários significados é largamente usado pelos primatas, embora somente nos humanos possamos vê-lo destacado sobre a pele nua. (N. do E.)

? Vida cevada

Por quanto tempo um ser humano pode viver tendo como única fonte de alimentação a cerveja? E que tipo de cerveja — clara, escura, de alto ou baixo teor de fermentação etc. — proporciona maior chance de sobrevivência?

John Eden
Narara, New South Wales, Austrália

Desde a Antiguidade a cerveja tem fama de ser um complemento da dieta, sendo freqüentemente chamada de "pão líquido". No Egito antigo, os trabalhadores recebiam parte de seus salários em cerveja, assim como as damas de companhia da rainha Elizabeth I da Inglaterra. Em 1492, o pagamento diário dos marinheiros da esquadra de Henrique VII era 4,5 litros de cerveja.

A alta reputação granjeada pela cerveja deve-se ao fato de ela ser feita a partir da cevada, que é rica em vitaminas, o que até hoje é levado em conta. Uma verificação rápida nas tabelas nutricionais nos mostra que meio litro de cerveja fornece mais de 5% da necessidade do consumo diário de várias vitaminas, como a B9, a B6 e a B2, embora outras vitaminas, como a A, a C e a D, não estejam presentes em sua composição.

É certamente antiético realizar uma experiência para averiguar o tempo que uma pessoa pode viver alimentando-se apenas de cerveja. Durante a Guerra dos Sete Anos, de 1756 a 1763, o médico da esquadra inglesa John Clephane realizou um ensaio clínico. Três navios foram enviados da Inglaterra para a América. Um deles, o *Grampus*, levava grande quantidade de cerveja, enquanto os outros dois navios de controle, o *Daedalus* e o *Tortoise*, levavam apenas o carregamento normal da bebida. Após uma viagem excepcionalmente longa, devido às mas condições do tempo, Clephane registrou que o *Daedalus* e o *Tortoise* voltaram com, respectivamente, 112 e 62 homens necessitados de hospitalização. Por outro lado, no *Grampus* apenas 13 homens precisaram de cuidados médicos, embora o resultado possa ser questionado.

É desnecessário dizer que a cota diária de quatro litros de cerveja que era dada aos marinheiros naquela época não é mais aceita hoje como um consumo moderado de álcool. Dá para imaginar em que condições ficaram os fígados desses homens... Viver somente de cerveja pode ser uma fantasia para alguns, mas não é, certamente, uma boa estratégia para manter a saúde.

C. Walker
Brewing Research International, Nutfield, Surrey, Reino Unido

Não sei por quanto tempo uma pessoa pode viver à base de cerveja, embora suspeite que os estados críticos levem à cirrose do fígado e à deficiência de vitaminas. Em último caso, poderíamos recorrer aos monges, que seriam os mais adequados para fornecer esta resposta. Afinal, as cervejas escuras sempre estiveram associadas aos mosteiros ao longo dos séculos, onde eram fermentadas para o jejum e a Quaresma. São comumente conhecidas como pães líquidos. Possivelmente a mais famosa é a Paulaner Salvator, uma cerveja alemã forte, de baixa fermentação, feita de puro malte e que, com seu teor alcoólico de 7,5%, certamente faria você até esquecer da comida.

Neil Watt
Knighton, Powys, Reino Unido

Minha resposta é a seguinte: tenho 39 anos e ainda estou vivo.

Chris Jack
St. Albans, Hertfordshire, Reino Unido

Uma vez fiz uma dieta de repolho e cerveja. Posso atestar que perdi peso, amigos e o controle de meu intestino grosso. Tudo isto simultaneamente.

Bill Coppock
Edimburgo, Reino Unido

? Colete de gordura

Quão gordo é preciso ser para se tornar à prova de balas, ou seja, para que a sua camada de gordura impeça que uma bala disparada de uma arma comum atinja um de seus órgãos vitais? Li recentemente que deveria ser algo em torno de 500 quilos, mas achei difícil de acreditar.

Ward van Nostrom
Por e-mail, sem endereço

O estrago que uma bala faz em seu alvo é medido de duas maneiras: pelo alcance da penetração e pela quantidade de tecido danificado a cada centímetro do percurso feito. Estes dois índices são normalmente encontrados ao se dispararem tiros contra blocos grossos de gelatina, que reproduzem as mesmas propriedades físicas, como viscosidade e densidade, da carne humana.

O *Compendium of Modern Firearms* [*Compêndio de armas de fogo modernas*], de K. Dockery e R. Talsorian, cita que o disparo de uma pistola 9 milímetros, a mais comum, é capaz de fazer com que uma bala penetre aproximadamente 60 centímetros na carne humana antes de parar, provocando um estrago de 1 centímetro cúbico para cada centímetro de profundidade. Na verdade, o percurso da bala pode ser pequeno se os disparos atingirem os ossos ou simplesmente transpassarem o alvo. Estes dados são estimados pela média dos tecidos corporais. Como a gordura é aproximadamente 10% mais macia e menos densa que os músculos, 60 centímetros de profundidade parecem pouco.

Mesmo que seja vantajoso ser à prova de balas, carregar uma camada de 60 centímetros de gordura corporal traz riscos óbvios à saúde.

Thomas Lambert
Baslow, Derbyshire, Reino Unido

O corpo humano não deve ser considerado inteiramente à prova de balas, principalmente se levarmos em conta tecidos e partes pendentes, como mãos, pés, olhos, ouvidos e órgãos genitais masculinos. Mesmo se a pele fosse suficientemente grossa para deter uma bala, a onda de choque causaria traumatismos sérios nos órgãos internos e na rede nervosa subcutânea, efeito também explorado pelos projéteis. A carga de chumbo de uma escopeta pode matar um homem mesmo sem penetrar em sua pele.

A profundidade que uma bala atinge num corpo depende de fatores como energia, diâmetro, massa, forma e material do projétil. As balas de rifles e pistolas variam de 5 a 15 milímetros de diâmetro e de 70 a 7.000 joules de energia. A da pistola usada pela maioria dos policiais tem um diâmetro de 9 milímetros e uma energia inicial de 500 joules. A profundidade da penetração de uma bala como esta num bloco de gelatina é de 30 centímetros, a uma distância de 5 metros da pistola.

Para estimar o peso que deveria ter uma camada de gordura à prova de balas, vamos começar "por baixo". Há muitas fórmulas para calcular a superfície do corpo. Vamos usar a fórmula de Mosteller, que nos dá a área do corpo de um indivíduo em metros quadrados como sendo a raiz quadrada do produto de sua altura em centímetros e o peso de seu corpo em quilos, o total dividido por 60. Para um homem de 175 centímetros de altura pesando 75 quilos, o resultado é uma área de 1,91 metros quadrados. Assim, para cobrir tal área com uma camada de gordura de 30 centímetros de espessura com a densidade de 1 grama por centímetros cúbico, seriam necessários 573 quilos. Ao se acrescentar este peso àquele do resto do corpo, concluiremos que uma pessoa à prova de balas pesaria cerca de 650 quilos.

Hans-Ulrich Mast
Erding, Alemanha

Registro fóssil

Gostaria de me tornar um fóssil após minha morte. Há algo que eu possa fazer pelos meus despojos para aumentar minhas chances, e onde seria um bom lugar para ser enterrado? Quão rapidamente eu me tornaria um fóssil?

D. J. Thompson
Holywell, Flintshire, Reino Unido

Então, você deseja se tornar um fóssil? Tal desejo é admirável, mas infelizmente você começou mal. Se você tivesse um exoesqueleto mineral bem duro e uma vida marinha, suas chances seriam maiores. Mas vamos começar pelo que você tem: um esqueleto interno e uma carcaça externa feita de partes moles.

Vamos esquecer as partes moles. Se você for fazer alpinismo ou esquiar e cair numa fenda glacial, corre o risco de virar uma múmia enrugada, o que não é exatamente uma fossilização, mas apenas uma etapa no processo. Se você realmente deseja que seus restos sobrevivam à destruição do tempo geológico, então precisa concentrar-se nos dentes e ossos. Fossilizações como essas acarretam uma mineralização adicional. Por isso, ponha a cabeça para funcionar e vá pensando em sua dieta: queijos e leite fortalecerão seus ossos com cálcio. E, depois, cuide de seus dentes, pois neles está a sua melhor garantia de um futuro duradouro. Assim, consulte um bom dentista e não falte às consultas.

Depois, três coisas são necessárias: um local, um local e um local. É preciso achar um lugar para morrer onde você não seja perturbado durante um tempo bem longo. As cavernas funcionaram bem para alguns, assim, você deve procurar buracos perto de sua casa, mas, para fazer tal façanha, terá que passar por um treinamento adequado.

Outra possibilidade é um enterro rápido; não do tipo que se contrata por telefone, numa funerária anunciada nas páginas amarelas. Estou falando de algo mais natural e dramático — talvez uma catástrofe, uma erupção vulcânica.

É possível que você tenha de viajar em busca da oportunidade natural adequada. Acampar no deserto, num leito seco de rio, durante a estação de chuvas-relâmpago, seria uma boa estratégia. Caminhadas longas pelas planícies tropicais inundadas durante as chuvas fortes do verão também podem levá-lo aonde você deseja, ou seja, terminar enterrado sob lama fina e sem oxigênio. Ou que tal um piquenique imprudente na beira de um vulcão ativo? Mas atenção à geologia, pois o que você está querendo é um sepultamento maravilhoso coberto por cinzas vulcânicas, e não uma cremação por lava.

Falando em piquenique, o conteúdo do estômago de fósseis fornece informações úteis sobre dieta pré-historica. Desta forma, seria ideal uma última refeição sólida. Sólida mesmo. Pizzas e sanduíches não vão "dar conta", mas ostras ou frutas com sementes grandes — que terão que ser engolidas — intrigarão os cientistas do futuro.

Finalmente, vestígios fósseis (marcas nas rochas indicativas de comportamento animal serão sempre bem-vindas). Assim, uma boa quantidade de pegadas indicando sua localização final será perfeito. Use um passo normal, sem pular ou arrastar os pés, para evitar que os pesquisadores fiquem confusos sobre o seu modo de andar.

É claro que você tem mais chance de ganhar na loteria do que vir a se tornar um fóssil. Mas, se conseguir um lugar nos registros fósseis, não deixe de nos comunicar onde está. Geólogos estão sempre à procura de novos espécimes interessantes. Podemos combinar de desenterrá-lo daqui a, digamos, um milhão de anos.

Tony Weighell
Ampthill, Bedfordshire, Reino Unido

Ouvi a resposta a esta pergunta 50 anos atrás quando era estudante de geologia na Universidade de St. Andrews, na Escócia, mas esqueci o nome do poeta que a esclareceu para mim, bem como do título de seu poema. Estou citando-o de memória e, por isso, o texto abaixo pode conter erros.

Dave Duncan
Calgary, Alberta, Canadá

Elegia em intenção ao professor Buckland
Onde devemos enterrar nosso grande professor
Para que possa, em paz, descansar seus ossos?
Se talharmos na pedra seu sepulcro,
Ele se levantará e o quebrará,
Examinando cada fragmento que estiver no solo
Por estar ele em seu elemento no subsolo.
Se desenterrarmos seu corpo com pá e picareta,
Encontrando a camada aluvial,
Ele se levantará e arremessará as ferramentas
De sua própria labuta geológica.
O professor despreza o novo substrato
Que reveste seus restos orgânicos.
Então, exposto ao gotejar de alguma fonte
Que confira à sua carcaça a cobertura de estalactite,
Deixe-nos levar o sábio petrificado a Oxford,
Para ficar por lá incrustado,
Em meio a mamutes e crocodilos numa prateleira,
Como um monumento erigido a si mesmo.

Tivemos apenas que corrigir umas poucas palavras do poema lembrado cinqüenta anos depois por Dave Duncan. Esta proposta de deixar as estalactites fazerem o trabalho de embalsamamento encontra-se na segunda metade da "Elegia em intenção ao professor Buckland", escrita em 1820 por Richard Whately. William Buckland (1784-1856) ocupou vários cargos na Universidade de Oxford e foi um dos geólogos mais famosos de seu tempo. Era um excêntrico notório, que afirmava ter comido de tudo no reino animal.

Seu contemporâneo Augustus Hare registra que Buckland se deparou com uma urna que continha o coração preservado de um rei francês: "Ele exclamou: 'Já comi muitas coisas estranhas, mas nunca o coração de um rei francês', e antes que alguém pudesse detê-lo, devorou-o. E a preciosa relíquia desapareceu para sempre." (N. do E.)

Suas chances de ser fossilizado são muito pequenos, mas você tem condições de aumentá-las de modo significativo se for sepultado no mar. Mas deve se certificar de que seja em águas muito profundas. Tal cuidado é necessário porque em águas rasas as condições marinhas são turbulentas e há muitos organismos vivos que terão enorme prazer em comer os seus restos. Localidades terrestres são sujeitas à erosão, mesmo que seu corpo seja bem enterrado. Já em águas profundas há poucos seres vivos, e menos ainda no fundo do mar; então, você poderia ser enterrado lá. Assegure-se de que a sua escolha não recaia em um local perto de zonas de disjunção tectônica onde a crosta terrestre está sendo consumida, pois você será carregado rapidamente para dentro do magma.

O calcário fino ajudará a preservar a estrutura de seu corpo e a fossilização irá prosseguir até que você não seja mais que um esboço de carbono e fluidos corporais petrificados, graças principalmente à compactação causada pelo peso do calcário sobre você, o que deverá durar uns 200 mil anos.

É claro que, se você conseguisse se encarcerar em âmbar, essa seria a melhor de todas as formas de preservação, mas para que tudo desse certo, teria de escolher um lugar de ambiente estável para ser enterrado, o que não é fácil de se conseguir fora do túmulo convencional.

Finalmente, use algo de ouro com seu nome, para que possa ser identificado. Garanto que tal identificação irá sobreviver aos seus restos.

Jon Noad
Shell International Exploration Team, Rijswijk, Holanda

Agradecemos ao Museu de História Natural da Universidade de Oxford, que fornece a história completa da vida de Buckland em www.oum.ox.ac.uk/geocolls/buckland/bio1.htm. (N. do E.)

? Centelha atrasada

Dois dias após ter completado uma minimaratona no Great North Run em Tyneside, fui surpreendido ao ver minhas pernas enrijecerem-se mais do que no dia seguinte à corrida. Qual o motivo disso?

Ruby Gould
Londres, Reino Unido

A corrida é uma forma de exercício bastante original, pois o músculo é forçado a distender-se enquanto tenta contrair-se. Exercícios repetitivos e prolongados, para quem não tem um bom preparo físico, podem levar à dor, à sensibilidade e ao enrijecimento dos músculos por horas, ou mesmo dias, após o esforço. Este sintoma é conhecido como ataque retardado à sensibilidade muscular e é muito comum.

A sensação de desconforto geralmente aparece 24 horas depois do exercício, mas só atinge o pico dois dias depois, quando se chega ao pior estágio, pois a inflamação e a rigidez resultam numa redução dos movimentos e em fraqueza muscular. Depois disso o processo começa a declinar, gradualmente.

Como o ataque à sensibilidade muscular é retardado, ele não pode ser atribuído à conseqüência do exercício. De fato, ele é causado por um dano localizado, como o rompimento microscópico das membranas e dos filamentos de proteínas das fibras musculares. Uma hipótese é que as células musculares danificadas morrem ao receber cálcio em quantidades exageradas. Outra é que os radicais livres gerados pelo exercício atacam as membranas das células, levando-as também à morte.

Além disso, há um fluxo maior de sangue irrigando os músculos, o que causa a inflamação dos tecidos. Esta inflamação aumenta a pressão sobre as estruturas vizinhas. Os nervos nos músculos sentem a pressão e mandam uma mensagem de dor ao cérebro quando você tenta se mover na manhã seguinte ao esforço físico.

Melanie Trickett
Sheffield, South Yorkshire, Reino Unido

O ataque retardado da inflamação dos músculos é o resultado de uma grande quantidade de rompimentos musculares. A fim de melhorar o desempenho quando nos exercitamos, vamos desafiando nossos músculos progressivamente, aumentando o esforço para obter o resultado que esperamos deles. A sobrecarga à qual chegamos por excedermos a resistência que esperamos dos músculos, como o levantamento excessivo de peso ou corridas longas demais para nossa resistência, causa rompimentos nas microfibras dos músculos. E, num ciclo gradual de sobrecarga/reparo, experimentamos uma inflamação moderada um dia depois do esforço.

O ataque retardado da inflamação dos músculos é causado quando a carga esperada aumenta abruptamente, provocando um grande número de rompimentos, em vez do aumento na magnitude de cada um deles. Num caso assim leva mais tempo para que os tecidos cicatrizados se restabeleçam, porque a cicatrização se faz, perpendicularmente, sobre as zonas a serem reparadas. Assim que o novo tecido cobre a região afetada, continuamos sentindo a inflamação que advém do ataque retardado quando movimentamos um novo músculo, ainda duro e tenso, até que sua resistência e flexibilidade sejam restauradas.

Paul Carey
Personal trainer do David Lloyd Leisure Health and Fitness Club, Brooklands, Surrey, Reino Unido

? Remela amarela

Meus colegas e eu temos divagado, durante raros momentos de reflexão, sobre qual seria o termo científico para aquela substância cristalina e amarelada que encontramos incrustada nas pálpebras quando acordamos. Alguns a chamam de ramela ou remela, mas será este um termo médico adequado? Qual a sua composição e por que ela se forma?

Simon Smith
Cardiff, Reino Unido

A substância se acumula em volta dos olhos devido à irritação. Durante o dia, o muco seco é formado pelos sais e pelas proteínas secretadas por glândulas como uma reação à secura ou à exposição à poluição. Quando estamos dormindo, o muco continua a se formar e acaba secando nos cantos de nossos olhos, mesmo que as lágrimas os conservem umedecidos.

As lágrimas possuem três componentes distintos. A camada mais interior da lágrima reveste a superfície da córnea e é chamada de camada mucosa ou mucina. A camada intermediária é uma camada aquosa, produzida pelas glândulas lacrimais, que fornece sal, proteínas e outros componentes à córnea. A camada exterior é composta pelo óleo produzido pelas glândulas sebáceas, meibomianas, localizadas nas pálpebras. Isso ajuda a prevenir a evaporação das lágrimas da superfície do olho.

Mas os leitores devem ficar atentos. A freqüência de um muco grosso amarelado ou esverdeado nos olhos é sinal de conjuntivite virótica ou bacteriana.

Johan Uys
Bellville, África do Sul

Parece não haver um termo de uso específico, talvez porque seu efeito seja visto como trivial e esporádico. Nem por isso deixa de ser importante. Durante o dia, poeira, células mortas e fragmentos diversos se acumulam nas lágrimas, que são mais do que mera água salgada.

As mucoproteínas cobrem toda a parte interna do globo ocular e solidificam-se como medida de proteção em volta das partículas de poeira que ficam aprisionadas no muco. A camada intermediária aquosa salgada é a parte mais importante, e a camada oleosa externa reduz a evaporação da lágrima. Durante a noite, o movimento dos olhos e as pálpebras fechadas agitam essa mistura no interior das órbitas e empurram as partículas sólidas para os cantos internos das pálpebras. Ali, o líquido fica exposto e se evapora até formar uma pelota, que é removida pela manhã com os dedos ou quando se lava o rosto.

Ambientes empoeirados, como os desertos, chegam a danificar os tecidos dos olhos a ponto de converter as lágrimas em pus diluído. Este se torna seco nas margens das pálpebras, colando as pestanas umas às outras, apesar da cobertura oleosa que normalmente diminui o ressecamento e mantém a pele repelente à água. Acordar de um sono pesado e encontrar as pálpebras tão fechadas como se ainda estivesse escuro é, sem dúvida, uma sensação bastante desconfortável. Se algo assim acontecer com você, enxágüe com suavidade os olhos ou se arriscará a perder suas pestanas na areia.

Jon Richfield
Somerset West, África do Sul

Nenhuma das cartas anteriores sugere um termo técnico para a substância que se acumula nos cantos de seus olhos. Muitas foram enviadas, mas a palavra que parece mais adequada é: "mucopurulência", enviada por John Devers, de Bronia, em Victoria, Austrália. (N. do E.)

Áreas de crescimento

Meu médico me disse que os fungos que causam o pé-de-atleta tendem a crescer entre o terceiro e o quarto dedos dos pés. O que faz com que os fungos prefiram esta área e em que ela difere dos espaços entre os outros dedos?

Marjorie McLure
Cork City, Irlanda

Infelizmente sou uma das pessoas sem sorte, que sofrem de recorrente pé-de-atleta, somente entre meus terceiros e quartos dedos. Todos os outros são separados entre si nas bases. Mas os terceiros e quartos são muito juntos. Esta junção reduz a evaporação da umidade que ali se acumula, criando um ambiente propício à proliferação de fungos, especialmente quando uso a mesma meia durante 36 horas. Desculpe, mas eu fiz esta descoberta num plantão noturno.

Agora me protejo do pé-de-atleta colocando chumaços de algodão ou gaze entre meus terceiros e quartos dedos, o que ajuda a manter a região seca, além de ser muito mais barato do que os cremes fungicidas. A despeito de eu ter feito doutorado em medicina pela Universidade Johns Hopkins, minha mulher acha que este tratamento é incompleto.

John Criscione
Departamento de Engenharia Biomédica
Universidade Texas A&M, College Station, Estados Unidos

O microrganismo responsável pela *tinea pedis*, mais conhecida como pé-de-atleta, não tem um instinto territorial inteligente que o leve a um endereço predeterminado. Infecções pelo fungo responsável, o *Trichophyton mentagrophytes*, começam no espaço entre o terceiro e o quarto dedos dos pés porque este local oferece o meio ambiente ideal: morno, escuro e cheio de células mortas de pele.

As margens externas do pé humano são relativamente flexíveis, possuindo juntas capazes de se mover em três planos. Os espaços entre todos os outros dedos são sujeitos a uma diversidade de movimentos e forças que propiciam ventilação e oportunidade de se livrar das células. Enquanto isso, nos espaços escuros entre o terceiro e quarto dedos, que têm menos mobilidade, um banquete de células mortas espera a chegada dos *T. mentagrophites*.

Felicity Prentice
Melbourne, Austrália

Lustro auricular

O que provoca tonalidades diferentes na cera do ouvido? Algumas vezes a minha é cor de mel, em outras é marrom-alaranjada bem escura. E por que muda a sua consistência?

Tony Columbine
Birmingham, Reino Unido

Cerca de 2 mil glândulas sebáceas e apócrinas no terço externo do canal auditivo produzem secreções levemente ácidas, chamadas de cerume. A cera do ouvido é uma mistura de cerume, células de pele e fragmentos de pêlos do canal auditivo, mais bactérias e outras substâncias que se agregam a ela.

A cera de ouvido é normalmente expelida e, embora haja controvérsias sobre seu poder bactericida, ela é eficiente para reter poeira, pequenas partículas, bactérias e fungos que entram no ouvido. Ela lubrifica o canal auditivo e já teve até uma série de outros usos devido às suas propriedades. Foi até utilizada como protetor para os lábios.

Há dois tipos de cerume: seco e molhado, sendo o último a forma geneticamente dominante. Ambos são controlados por um único gene autossômico,* o que tem sido usado por antropólogos para rastrear migrações, pois a cera de ouvido dos ancestrais dos povos da Mongólia, por exemplo, é a do tipo recessiva e seca, menos comum.

O cerume é composto de glicerídeos, lipídios — incluídos o esqualeno, o colesterol e os ácidos graxos de cadeias longas —, ésteres cerosos, hidrocarbonetos aromáticos, aminoácidos e açúcares, como a galactose. A cera de ouvido contém ainda um complexo de matéria orgânica formado de pele e pêlos e quantidades significativas de colágeno, queratina, bactérias mortas e fungos. As diferenças na composição dessas substâncias são uma das razões que fazem com que algumas pessoas produzam mais cera de ouvido do que outras.

A cor da cera resulta das propriedades de absorção de luz de seus componentes. Cerume seco e cerume molhado diferem na quantidade de lipídios. No seco, os lipídios são estimados em cerca de 50% e, no molhado, em cerca de 20%. Assim, enquanto a cera de ouvido seca é dura e meio acinzentada, a molhada é relativamente limpa e fresca, com uma cor de mel, marrom-clara.

Mas seus componentes costumam mudar com o tempo. A cor escurece porque muitos dos ácidos graxos de cadeias longas são insaturados e se oxidam lentamente quando expostos ao ar, o que lhes confere uma cor marrom-escura. A introdução de poeira, células mortas, bactérias e fragmentos de pêlos em ouvidos que não são

*Que não participa da determinação do sexo. (*N. do T.*)

limpos com freqüência chegam a fazer com que a cor se torne marrom-escura, quase preta.

Quando a cera começa a se formar, sua cor também varia devido às diferenças idiossincráticas no tipo e na quantidade de secreções glandulares das quais se originam. Estas variações em geral ocorrem como resposta ao estresse, de modo semelhante ao que acontece com a secreção do suor. Tais variações refletem diferenças na proporção de secreções das glândulas sebáceas e apócrinas, assim como variações na concentração de seus componentes.

Finalmente, à medida que ficamos mais velhos, mesmo as secreções molhadas do cerume vão se tornando mais espessas.

Mark Dubin
Universidade do Colorado, Boulder, Estados Unidos

? Peça sobressalente

Tive o apêndice removido. Meu cirurgião disse que eu não sentiria falta dele, pois não serve para mais nada nos humanos. Mas será que serve para os animais? Para quê, exatamente?

Paul Whitten
Edimburgo, Reino Unido

Nos animais, o órgão equivalente ao apêndice humano é conhecido como ceco e fica na junção dos intestinos delgado e grosso. Os mamíferos carnívoros em geral possuem um ceco pequeno, que tem a mesma finalidade que o apêndice dos humanos. Em muitos mamíferos herbívoros, no entanto, o ceco é aumentado, de modo a exercer grande parte das atividades anatômicas. Nesses mamíferos, a função do ceco é realizar a fermentação de carboidratos complexos, próprios da dieta dos herbívoros, transformando-os em ácidos graxos voláteis para depois os absorver como fonte de energia. O funcionamento do ceco também é vital para o fornecimento da energia necessária a animais como cavalos, coelhos, ratos, cobaias e porcos. O estômago dos ruminantes, como o dos carneiros, realiza funções semelhantes, o que os torna menos dependentes de seus cecos.

Uma função adicional do ceco é reabsorver a água do trato gastrintestinal. Nos seres humanos e nos mamíferos carnívoros, esse trabalho é realizado pelo cólon.

Richard Luong
Lidcombe, New South Wales, Austrália

Seu cirurgião está um pouco desatualizado. Embora se acreditasse que o apêndice não tinha função e era uma relíquia da evolução, hoje em dia não se pensa mais assim. Sua maior importância está em fornecer imunidade ao desenvolvimento dos embriões, embora continue a funcionar mesmo nos adultos. Mas não é tão importante a ponto de nos fazer tanta falta assim. Podemos sobreviver sem ele.

A função do apêndice parece ser expor as células imunes aos antígenos das bactérias e outros microrganismos que vivem em nossos intestinos. Isso auxilia nosso sistema imunológico a diferenciar amigos e inimigos, impedindo-os de lançar ataques destrutivos a bactérias que coexistem tranqüilamente conosco.

Há outras partes do corpo que parecem ter a mesma função. As placas de Peyer, no intestino, ajudam a expor o sistema imunológico ao seu conteúdo. Quando se chega à idade adulta, o sistema imunológico já aprendeu a conviver com substâncias estranhas ao trato gastrintestinal, fazendo o apêndice perder a importância. Mas a falta de defesas naturais nesta área ameaça o aparecimento de doenças de baixa imunidade e inflamações do intestino.

É interessante notar que o apêndice vem sendo usado como "peça sobressalente" em cirurgias. Numa delas, ele é retirado e usado no mesmo paciente para a reconstrução da bexiga, sem perigo da rejeição imunológica que poderia ocorrer caso os tecidos fossem de outro indivíduo.

Kathleen James
Chicago, Illinois, Estados Unidos

O verdadeiro apêndice é uma extensão estreita com a forma de uma minhoca, começando abruptamente no ponto mais alto do ceco. Só está presente em macacos antropóides (gibões, orangotangos, chimpanzés e gorilas), em alguns roedores (coelhos e ratos) e em certos marsupiais, como o *wombat** e o gambá sul-americano. Em

---

*Animal australiano da família dos cangurus. *(N. do T.)*

muitos mamíferos herbívoros, a grande bolsa do ceco é um local alternativo para a fermentação do alimento. Ela contém microrganismos que decompõem a celulose nas paredes das células das plantas.

Acreditava-se que nos humanos ele não tivesse função fisiológica. Hoje em dia sabe-se que o apêndice tem um papel importante na imunidade do feto e dos jovens adultos. Durante os primeiros anos de crescimento, o apêndice funciona como um "órgão linfóide", ou seja, como coadjuvante na maturação dos linfócitos B (um tipo de glóbulo branco) e na produção dos anticorpos da imunoglobulina A. Além disso, por volta da 11ª semana do desenvolvimento fetal, as células endócrinas (produtoras de hormônios) aparecem no apêndice. Estas células produzem hormônios pépticos que controlam vários mecanismos biológicos.

Johan Uys
Bellville, África do Sul

? Consciência pesada

Quanto pesa a cabeça humana? É obvio que posso medir o volume de minha cabeça simplesmente pela água que ela desloca, mas não posso avaliar sua densidade ou o peso e a densidade de seus vários componentes. Será que seus leitores podem me ajudar?

Bruce Firsten
Miami, Flórida, Estados Unidos

Para medir o peso de sua cabeça seria necessário separá-la do corpo. A decapitação teria a desvantagem óbvia de não deixá-lo vivo para saber o resultado. Mas há uma solução. As vértebras de seu pescoço foram feitas para suportar o peso de sua cabeça. Se você se pendurar de cabeça para baixo, as vértebras se afastarão ligeiramente, pois o peso da cabeça fará com que se separem.

Ainda de cabeça para baixo, vá abaixando o corpo devagar sobre uma balança. Vá observando, por meio de um aparelho de ultra-sonografia, a distância entre a última vértebra e o crânio. Pare de abaixar o corpo no instante em que a vértebra começar a se mover em direção ao crânio. Observe o resultado na balança. Como o pescoço não está exercendo força sobre a cabeça, você obterá a medida correta do peso dela.

Andy Phelps
Burnham-on-Sea, Somerset, Reino Unido

Como praticante de canoagem e caiaque, lembro-me de meu instrutor dizer que, ao praticar "a rolagem de Esquimó", feita com um giro de 360º, precisaria de bastante fôlego, pois a última coisa a emergir da água seria a minha cabeça. Ele me disse que uma cabeça humana pesa em média 4,5 quilos. Infelizmente, descobri que é muito peso extra para trazer para fora da água usando apenas uma das pás do remo.

Andy Wells
Grantown-on-Spey, Highlands, Reino Unido

Está certa a lembrança de Andy Wells sobre o peso da cabeça. Não conseguimos pesar uma cabeça diretamente, mas medimos seu volume e avaliamos sua densidade assumindo que o cérebro, como o resto do corpo, é constituído principalmente de água, e sabemos qual a densidade da água a 0ºC.

Para medir o volume da cabeça, um voluntário da New Scientist, *totalmente careca, enfiou a cabeça em um balde cheio d'água até a borda. A água estava a uma temperatura o mais perto de 0ºC que o voluntário conseguiu agüentar. Sua cabeça foi mergulhada verticalmente dentro do balde até que a água tocou a base do queixo. A água que transbordou foi recolhida numa bacia que estava sob o balde, e medimos seu volume. Repetimos este procedimento cinco vezes. O volume médio de água deslocada foi de 4,25 litros, dando, portanto, o peso estimado de 4,25 quilos para uma cabeça humana. (N. do E.)*

? Descansar armas

Depois de uma amiga minha ter reclamado do excesso de atenção de seu amante, encontrei uma referência no livro Sex and the British *(Sexo e os ingleses), de Paul Ferri, sobre o uso de brometo no chá como meio de controle do apetite sexual dos soldados. Será que posso passar esta sugestão para a minha amiga? E onde eu poderia comprar brometo e qual a dose recomendada?*

Chloe Dear
Edimburgo, Reino Unido

No século XIX os sais de brometo eram vastamente usados como sedativo para vários tratamentos, desde epilepsia até insônia. Dizia-se que os sais de brometo "reduziam a excitabilidade do cérebro". A dose normal era entre cinco e trinta grãos, tomada várias vezes ao dia (13 grãos equivalem a 1 grama). Naquele tempo era comum que as crianças ricas fossem presenteadas com um quinhão especial de sal às refeições. Faziam com que acreditassem que tal uso era um indicativo do crescimento de status dentro da família. Na verdade, o sal comum era misturado com sal de brometo para fazer com que as crianças se comportassem melhor.

Mark Wareing
Braintree, Essex, Reino Unido

Os brometos são usados como sedativo. A redução da libido é um efeito colateral. O uso de sais de brometo como indutores do sono aparece nos romances de Émile Zola, dando mostras de que seu efeito já era conhecido no século XIX. A respeito do brometo como redutor da libido, o autor e comediante Spike Milligram escreveu em *Rommel? Gunner Who?*: "Não acho que o brometo tenha qualquer efeito duradouro. A única maneira de tirar o desejo sexual de um soldado inglês é fabricar uma bomba com 300 libras de brometo, colocar numa arma e atirar nele da cintura para baixo."

John Rowland
Derby, Reino Unido

Na década de 1950, meu trabalho na Royal Air Force como médico do Serviço Nacional, responsável pela farmácia e pela inspeção do rancho, me fez concluir que a idéia de servir chá com brometo para os soldados não passa de um mito. Na verdade havia, sim, uma crença bastante forte entre os recrutas, nos primeiros tempos de treinamento, de que a perda aparente da libido era uma conseqüência do brometo no chá.

Clive Harris
Cambridge, Reino Unido

Servi no exército no final de 1945 e me lembro da suspeita de que nosso chá contivesse brometo. O gosto era horrível, mas muitos de nós, exceto os mais ingênuos, achávamos que isso não passava de "histórias de velhos soldados", com a intenção de assustar os jovens recrutas. A exaustão causada pelo treinamento físico era a responsável por nossa perda de libido. Tudo que queríamos era dormir.

David Elliot
Londres, Reino Unido

? Disfarçando a retaguarda

Recentemente comentei com um amigo que muitas das moças em Swindon usam calças compridas pretas e jaquetas de jeans. Ele me respondeu que é "para que o traseiro pareça menor". É verdade? Essa teoria é comprovada cientificamente?

Neil Taylor
Swindon, Wiltshire, Reino Unido

Sim, visto por trás seu traseiro parecerá menor se você estiver vestido de preto.

O motivo é que só percebemos as formas se o que vemos se apresenta em cores com diferenças de tonalidade. Se usarmos calças brancas, a forma de nosso traseiro será percebida pelas sombras criadas e pelo seu contorno. Com roupas pretas, as sombras se tornam invisíveis e a forma aparenta ser plana.

É por esta razão que as pessoas de pele escura parecem mais jovens do que as de pele clara. As rugas e dobras que se vêem em virtude das sombras criadas são mais difíceis de serem percebidas numa pele mais escura. É também por este mesmo motivo que as expressões faciais precisam ser exageradas nas esculturas de bronze.

É claro que seu traseiro irá sempre revelar o próprio tamanho se visto de perfil, mas o preto, especialmente fosco, irá lhe proporcionar grande economia em exercícios e dieta.

Glyn Hughes
Desenhista industrial e escultor
Adlington, Lancashire, Reino Unido

A afirmação é verdadeira e deve-se à uniformidade da cor preta da roupa. Nossa percepção das formas depende, entre outras coisas, de sombras e padrões criados na superfície. Veja como é mais fácil perceber os vincos amarrotados de uma camisa clara do que de uma escura.

Os padrões também têm importância. Por exemplo, as linhas que começam paralelas e que se afastam uma da outra para voltarem a se tornar paralelas, num efeito de olho de peixe, parecem ser uma protuberância numa superfície lisa, mesmo que esta não exista. No caso de calças inteiramente pretas, torna-se difícil perceber sombras ou qualquer padrão, o que dificulta avaliar o tamanho exato da protuberância.

Lakshmi Chakrapani
Atlanta, Geórgia, Estados Unidos

Esta resposta não é científica, mas ajuda. Na série *Star Trek*, as mulheres do elenco usam enchimentos para realçar a silhueta. São dois tipos de enchimento, e o maior deles é usado quando elas estão vestindo roupas escuras.

Rob Ives
Maryport, Cumbria, Reino Unido

Uma ilusão semelhante ocorre com roupas listradas, dependendo do sentido das listras. Listras horizontais dão impressão de alargar, enquanto listras verticais fazem a pessoa parecer mais alta e compacta. Desse modo, uma pessoa mais cheia usando listras verticais ganha um aspecto mais elegante. Se optar por listras horizontais, sua figura irá se acentuar para os lados.

Colin Vasey
Austin, Texas, Estados Unidos

Eternos calombos

A pergunta é meio feminina, mas o que é, exatamente, a celulite? A internet está cheia de anúncios de cremes e remédios que prometem o seu miraculoso desaparecimento, mas que não dizem realmente o que a celulite é.

Cathy Turner
Londres, Reino Unido

Estas promessas miraculosas são características do charlatanismo, uma das indústrias mais parasitárias deste planeta, só comparada à dos políticos, à da má-fé e à das drogas do prazer. A palavra "celulite" foi inventada para explorar inocentes, principalmente ricos. Ela não tem uma definição clara e é por esta razão que os charlatães sabem muito pouco a seu respeito.

A celulite é o excesso de tecido gorduroso subcutâneo que vai sendo acumulado até vazar entre as margens do tecido conjuntivo, espalhando-se de forma irregular por debaixo da pele. Ela aparece principalmente em pessoas que já passaram da juventude, e livrar-se da celulite é livrar-se da gordura.

O que chama a atenção é o fato de a celulite se tornar mais evidente justo nas partes do corpo menos sujeitas a acumular gordura. Então, fazer com que ela diminua exige obediência constante à dieta. Nenhum dos aparelhos sofisticados que prometem maravilhas nem os cremes de ação superficial resolvem o problema.

O site www.quackwatch.com traz informações importantes, de valor inestimável, sobre vários assuntos como este. Não deixe de visitá-lo. E veja também www.urbanlegends.about.com, onde você encontrará antídotos contra propaganda enganosa e a informação correta para não cair em conversa fiada e em modismos da medicina. Os que gostam de modismos e charlatanismo detestam o que está escrito na página *Cheers and Jeers* [Alegrias e zombarias]. Lá você lerá as críticas que eles costumam fazer.

Jon Richfield
Somerset West, África do Sul

Celulite, a substância encaroçada que lembra o queijo cottage, comumente encontrada nas coxas, na barriga e nas nádegas, é apenas um nome arranjado para os depósitos de gordura que são empurrados contra o tecido celular por debaixo da pele. Por causa disso, a superfície da pele fica cheia de calombos, como a casca de laranja. Uma maneira de você verificar se tem celulite é apertando a pele na parte superior da coxa. Se ela se mostrar cheia de calombos, você, provavelmente, tem. E se este for o seu caso, você não está sozinha. A maioria das mocinhas e mulheres a têm, assim como alguns rapazes e homens.

A quantidade de celulite que uma pessoa tem é decorrente de vários fatores. Seus genes, seu sexo, o percentual de gordura que você tem, sua idade e a espessura de sua pele, tudo isto são fatores que influenciam a quantidade de celulite e sua aparência.

Qualquer que seja a causa, é importante estar informado de que não há produtos milagrosos, tratamentos ou remédios que possam eliminar a celulite. Tratamentos sofisticados em salões de beleza que prometem acabar com a celulite, como a prática de massagem profunda, simplesmente camuflam temporariamente sua aparência, fazendo com que a pele da região fique mais inchada. Tratamentos como lipoaspiração e mesoterapia (injeção de drogas para eliminar a celulite) são muito caros e, na maioria das vezes, apresentam melhoras apenas passageiras.

Para reduzir a celulite, a coisa mais acertada é livrar-se do excesso de gordura corporal, diminuindo a ingestão de calorias e gorduras e praticando mais exercícios. Os especialistas concordam que os exercícios aeróbicos e de resistência são as melhores armas. Se você quiser disfarçar a sua celulite, tente usar um bronzeador, pois ela se evidencia muito menos em peles mais escuras.

Catriona MacGillivray
Dublin, Irlanda

Arrepio

Meu filho de 3 anos me surpreendeu esta manhã. Ele estava tirando algo do vidro da janela com as mãos e me perguntou por que sua pele guinchava sobre o vidro. Não soube responder. Alguém sabe?

Dawn Hanna
North Vancouver, Canadá

Há muitas situações em que a ação de esfregar ou friccionar se converte em vibração de alta freqüência, e a razão disso são as condições de aderência e deslocamento da fricção.

Ao fazermos deslizar uma superfície sobre outra, o atrito resiste ao movimento. Mas se a força do impulso aumenta, chega-se a um ponto em que o atrito é vencido e dá-se o deslizamento. Nesse estágio, a força necessária para mover objetos decresce e as duas superfícies deslizam uma sobre a outra.

Se um dos objetos for flexível, como a pele, ele responderá à força impulsora deformando-se. Quando a ponta do dedo resiste ao deslizamento sobre o vidro em virtude do atrito, a pele desloca-se pelo impulso dado para movê-lo e, quando o movimento acontece, ela retorna à sua forma original. À medida que o dedo começa a se deslocar, o efeito do atrito aumenta, o seu deslizamento contínuo é momentaneamente impedido, e a pele é deformada uma vez mais. A repetição da atuação dessas forças sobre o movimento irá criar centenas de distorções por segundo, produzindo ondas sonoras audíveis.

Mas por que o atrito se comporta desse modo? Todas as superfícies são ásperas numa escala microscópica, e quando entram em contato com outra superfície, apenas suas partes mais salientes, suas asperezas, realmente se tocam. Estas asperezas tendem a se cingir, opondo-se a qualquer movimento. Quando tentamos forçar o movimento de uma sobre a outra, a superfície de contato aumenta, e se uma delas for macia, como a pele, irá se deformar, buscando uma acomodação às irregularidades da outra. A força do atrito que se opõe ao movimento torna-se maior. Assim que o dedo começa a deslizar, as asperezas são sobrepostas umas às outras, interferindo menos no deslocamento.

Richard Hann
Ipswich, Suffolk, Reino Unido

A pele não faz barulho. Por outro lado, o vidro faz. Qualquer material, do papel ao titânio, quando estimulado adequadamente, é capaz de vibrar. O vidro não é exceção. Numa placa de vidro, como em qualquer material, há séries harmônicas precisas. O tipo de fricção feita sobre ela irá produzir uma "nota" ou um harmônico.

Não só os dedos fazem o vidro guinchar. Quando o limpamos com jornal e detergente, o vidro guincha ainda mais alto e com maior controle sobre o timbre. Se você mover o jornal devagar, irá ouvir um gemido que, num pedaço de vidro suficientemente grande, fará com que toda a área vibre. Mova o jornal bem depressa sobre uma pequena área e irá produzir um ruído tão estridente que causará até aflição nos seus ouvidos.

Martin James
Auckland, Nova Zelândia

Peso morto

Há alguma fórmula para se saber quanto excremento é produzido em relação a uma determinada quantidade de alimento? Por exemplo, se você ingerir um quilo de comida, quanto de excremento será produzido? E quanto um adulto produz de fezes por dia e qual a sua composição?

Nigel Watkins
Epsom, Surrey, Reino Unido
e
David Baxter
Salford, Lancashire, Reino Unido

Uma das funções principais do cólon intestinal é absorver água e produzir uma massa pastosa — as fezes — que é evacuada rápida e voluntariamente. As fezes são constituídas de 75% de água, as bactérias respondem pela metade do peso seco, enquanto o resto é formado por fibras não-fermentadas e compostos biliares excretados.

O peso fecal produzido por um inglês varia de 19 a 280 gramas por dia, embora possa aumentar em caso de diarréia, além de variar de indivíduo para indivíduo. Estima-se que na África e na Ásia os excrementos pesem o dobro. A única maneira de aumentar o peso das fezes é com a ingestão de maior quantidade de fibras. As fibras não-fermentadas retêm muita água.

Sem tanta importância para o peso das fezes, algumas fibras que são fermentadas no cólon propiciam a proliferação de micróbios. A pectina ou goma arábica, por exemplo, produz hidrogênio, metano e ácidos graxos de cadeia curta. A produção de ácidos graxos de cadeia curta exerce uma ação benéfica na mucosa intestinal. O produto da fermentação bacteriana pode ter um efeito osmótico na massa fecal.

A farinha de trigo sofre uma fermentação muito pequena e aumenta de forma eficaz o peso fecal. Quanto mais grossa e menos processada a farinha, mais água é absorvida e maior o seu efeito. O pão integral, por sua vez, tem pouco ou nenhum efeito sobre o peso fecal. O aumento do peso fecal por grama de farinha de trigo varia. Em pessoas saudáveis, o peso das fezes molhadas é da ordem de 3 a 5 gramas por grama de fibra. Em indivíduos com Síndrome do Cólon Irritável e diverticulite sintomática, é de cerca de 2 gramas por grama de fibra.

O efeito das fibras sobre o cólon pode ser resumido da seguinte forma: Peso das fezes = Pf (1 + Af) + Pb (1 + Ab) + Pm (1 + Am), onde Pf, Pb e Pm são, respectivamente, os pesos secos da fibra restante depois da fermentação no cólon, bactérias presentes nas fezes e nos metabólitos* osmoticamente ativos e outras substâncias que ali se encontram e que reduzem a quantidade de água absorvida. Af, Ab e Am denotam suas capacidades no que se refere à absorção da água.

Martin Eastwood
North Queensferry, Fife, Reino Unido

*Compostos de carbono produzidos pelo metabolismo. *(N. do T.)*

As pessoas produzem até 250 gramas de excrementos ou fezes por dia, compostos de 75% de água e 25% de matéria sólida. A matéria sólida é formada por substâncias não-digeridas, tais como cascas de frutas (33%), bactérias mortas que vivem normalmente no estômago (50%), matéria inorgânica, como os sais de cálcio, células eliminadas pelo estômago e secreções intestinais, incluindo muco e pigmentos biliares, que dão às fezes sua coloração característica.

A quantidade de excremento que você produz não depende apenas do quanto você comeu, mas sim do tipo de comida e da atividade de seu intestino. Se você consome muitos alimentos ricos em fibras, como legumes, feijão e cereais, que o organismo não consegue digerir e absorver completamente, irá produzir mais fezes do que se comer alimentos com menos fibras, de mais fácil digestão, como o chocolate.

Comidas condimentadas, drogas como laxantes e infecções podem vir a afetar a atividade intestinal. Quanto maior a velocidade do deslocamento do alimento desde que é ingerido até ser eliminado, menor será a absorção de água e maior o peso das fezes produzidas.

Jennifer Kelly
Cambridge, Reino Unido

? Nó de arremate

É verdade que as parteiras dão um nó no cordão umbilical após o parto? Se não, qual é o procedimento cirúrgico que elas executam? E como era antes de a medicina moderna padronizar o processo?

Jack Whyatt
Greenville, Michigan, Estados Unidos

Os cordões umbilicais são formados por três vasos sangüíneos envoltos num meio gelatinoso chamado geléia de Wharton, contido dentro de uma bainha. Isso torna o cordão grosso demais para que se possa dar nó. Hoje em dia, como os suprimentos médicos são facilmente adquiridos, usa-se um grampo plástico para comprimir o cordão e impedir a passagem do sangue. Assim, o cordão é cortado logo acima do grampo, usando-se uma tesoura.

Um pedaço de fio limpo ou qualquer coisa que possa ser amarrada em volta do cordão umbilical, tal como uma tira de couro ou de capim forte, irá produzir o mesmo efeito do grampo plástico, caso ele não esteja disponível. Uma faca, uma pedra afiada ou mesmo os dentes substituirão o trabalho da tesoura.

O grampo é retirado depois de três dias e o cordão acaba secando por necrose num processo de gangrena seca e cai entre o quinto e o décimo dias depois do nascimento.

Sarah Carter
Brighton, East Sussex, Reino Unido

Até hoje, com minha experiência de parteira, nunca ouvi falar em dar nó em cordão umbilical depois do parto.

Hoje em dia, após o parto, a parteira prende o cordão umbilical com duas pinças e corta o cordão entre elas com uma tesoura cirúrgica esterilizada para separar a placenta. Um grampo plástico é colocado no cordão entre as pinças, a cerca de 2,5 centímetros do umbigo do bebê. A parte que resta do cordão irá murchar e se desprender em poucos dias.

No passado, eram usados métodos diferentes. Em 1960, durante meu treinamento, as parteiras adotavam o mesmo procedimento, apenas substituindo o grampo plástico por um elástico esterilizado. Antes disto, as parteiras amarravam o cordão com muita linha.

Mary Cole
Parteira
Hospital Geral de Colchester, Essex, Reino Unido

Quando nossa filha nasceu, há nove anos, seu cordão umbilical foi preso por um pequeno grampo de plástico. Depois de alguns dias o cordão secou e caiu por si mesmo. Descobrimos, então, que o grampo era ideal para manter o nosso saco de granola bem fechado. Ele durou alguns anos até que se quebrou e fomos forçados a ter outro filho. O grampo deste continua tendo a mesma utilidade do anterior.

Rob Ives
Maryport, Cumbria, Reino Unido

Zaz!

A decapitação dói? Se for dolorosa, por quanto tempo a cabeça cortada tem consciência de seu estado?

William Wild
Oxford, Reino Unido

Sim, a decapitação dói. O quanto dói depende da habilidade, ou não, do carrasco.

Quando Mary, a rainha da Escócia, foi executada no castelo de Fotheringay, em 1587, o carrasco desastrado golpeou-a por três vezes sem conseguir decapitá-la. Ele, então, teve que cortar a pele e a cartilagem com um punhal para completar o serviço. O grito profundo e prolongado de Mary quando o machado deu o primeiro golpe deixou as testemunhas horrorizadas e certas de que sua dor fora lancinante.

Por quanto tempo se mantém a consciência após a decapitação? Na França, no tempo da guilhotina, pedia-se a alguns condenados que piscassem os olhos se ainda estivessem conscientes após a queda da lâmina. Há registros de que algumas cabeças piscaram até trinta segundos depois de decapitadas. Especula-se o quanto de voluntário ou de reflexo nervoso tinha esta reação. Muitos países com conhecimentos científicos suficientes para avaliar esta questão já abandonaram, há muito tempo, a decapitação como penalidade máxima.

Dale McIntyre
Universidade de Cambridge, Reino Unido

O químico francês Antoine Lavoisier, que viveu entre 1743 e 1794, foi preso durante a revolução e condenado à morte por decapitação. Ele pediu a amigos para observarem com atenção por quanto tempo ele continuaria piscando depois de ser morto. Foi registrado que ele piscou durante 15 segundos após a decapitação.

A. Grant
Sydney, Austrália

A história do último serviço heróico prestado por Antoine Lavoisier à ciência foi narrada muitas vezes, mas, infelizmente, parece não ter sido baseada em fatos reais. Não está registrada em qualquer relato de seu tempo que pesquisamos nem em qualquer outro relato oficial sobre sua vida e morte. Como visto, houve muitas tentativas de comprovar se uma cabeça decapitada conseguia reter a consciência. O depoimento aparentemente mais confiável é o que se segue. (N. do E.)

Um registro detalhado da experiência feita pelo Dr. Beaurieux, sob condições ideais, com a cabeça do assassino Languille, guilhotinado às 5:30 da manhã do dia 28 de junho de 1905. (De *A History of the Guillotine* [A história da guilhotina], de Alister Kershaw. Suas fontes são os *Archives d'Anthropologie Criminelle* [Arquivos de antropologia criminal], de 1905.)

> Eis aqui o que pude perceber imediatamente após a decapitação: as pálpebras e os lábios do homem guilhotinado movimentaram-se em contrações rítmicas

irregulares por cerca de cinco ou seis segundos... Esperei alguns segundos mais. Os movimentos espasmódicos cessaram. O rosto relaxou com as pálpebras meio fechadas sobre os olhos, deixando à mostra o branco da conjuntiva, exatamente como nos defuntos, ou nos que tivemos a oportunidade de ver morrer, em todos os dias do exercício da nossa profissão. Chamei em voz alta: "Languille!" Vi as pálpebras levantarem-se vagarosamente, sem qualquer contração espasmódica... Em seguida, os olhos de Languille olharam fixos para os meus e as pupilas buscaram foco... Depois de vários segundos, as pálpebras se fecharam de novo, vagarosamente e por completo, e a cabeça assumiu a mesma aparência que tinha antes de tê-lo chamado.

Foi neste momento que tornei a chamá-lo e, mais uma vez, sem qualquer espasmo, as pálpebras se abriram e olhos inegavelmente vivos se fixaram nos meus, talvez de modo mais penetrante do que da primeira vez. Houve, então, um novo fechamento das pálpebras, desta vez incompleto. Tentei chamá-lo uma terceira vez; não houve mais qualquer movimento e os olhos ficaram com uma aparência "vidrada", tal como acontece com os mortos.

Relatei para vocês, com rigorosa exatidão, o que pude observar. A experiência durou de 25 a trinta segundos, ao todo.

Para mais detalhes, veja www.metaphor.dk/guillotine.

Mike Snowden
Londres, Reino Unido

Se uma cabeça decapitada permanece consciente por algum tempo, então o procedimento a seguir deve ser visto como humanitário, uma vez que o propósito era convencer o homem de que ele estava indo para o paraíso. (N. do E.)

O Dr. Livingstone escreveu que os africanos com os quais teve contato achavam que a consciência não era perdida imediatamente. Ele relatou que eles amarravam cordões num galho seco curvado e nas orelhas de alguém que ia ser decapitado para que este, em seus últimos momentos de consciência, tivesse a impressão de estar voando para o céu.

John Rudge
Harlington, Middlesex, Reino Unido

Embora a consciência seja perdida rapidamente, há suspeitas de que esse procedimento traz a sensação de dor, mesmo que por poucos segundos. Em 1983, Harold Hillman, professor de fisiologia da Universidade de Surrey, relatou para a *New Scientist* o sofrimento causado por diversos métodos de execução, ao mesmo tempo em que a World Medical Association discutia a posição dos médicos face à pena capital. Eis o que Hillman disse sobre a guilhotina:

> A guilhotina foi assim chamada devido ao procurador francês que propôs seu uso em 1789. Foi testada em cadáveres no Hospital Bicetre, em Paris, e empregada na Revolução Francesa, em 1792. Joseph-Ignace

Guillotin apresentou-a como um equipamento rápido e indolor, que oferecia a todos os cidadãos as vantagens de uma técnica que era usada somente nos nobres. Embora se acredite que foi Guillotin quem a inventou, ela foi usada durante o século XVI na Itália, na Alemanha, na França e na Escócia.

O uso da guilhotina era considerado mais humano, pois sua lâmina era afiadíssima, e a execução, mais rápida do que a feita com um machado. A morte ocorre devido à separação do cérebro da medula espinhal depois da secção dos tecidos circundantes. Tal corte deve causar dor aguda e profunda. A consciência é perdida possivelmente em dois ou três segundos, devido à rápida queda de perfusão do sangue intracraniano.

Há relatos de olhos de cabeças cortadas olhando em volta, e animais fazem isso quando são decapitados para estudos nos quais seus órgãos devem ser extirpados ou a bioquímica de seus cérebros examinada rapidamente.

Agradecemos a Tony Corless por ter chamado nossa atenção para este artigo.

Mundo invisível

Quantas espécies diferentes vivem no corpo humano e qual é a totalidade desses hóspedes em nós?

Roger Taylor
Wirral, Merseyside, Reino Unido

Os microrganismos que habitam o corpo de um homem saudável são conhecidos como fauna microbiana e são de duas espécies — os residentes permanentes e os transientes. É claro que um número imenso de parasitas fascinantes e asquerosos termina por se juntar a esta comunidade microbiana, fazendo do corpo humano o seu lar.

Em seu importante trabalho Life on Man *[Vida no homem] (Secker & Warburg, 1969), o bacteriologista Theodor Rosebury nos presenteou com um estudo completo, biológico e histórico, da vida dos micróbios nos seres humanos. O número deles é imenso, como Rosebury nos conta: "Se mergulharmos neste mundo microscópico de olhos abertos e estômago preparado, devemos ser cautelosos em vez de termos ânsias de vômito... pois a vida humana consiste num número enorme de micróbios de grande variedade."*

Os números que ele apresenta são de fundir a cuca! Por exemplo, ele contou oitenta espécies distintas vivendo apenas na boca. Estimou que o número total de bactérias excretadas diariamente por um adulto varia de 100 bilhões a 100 trilhões. Por estes cálculos, estima-se que a densidade microbiana em 1 centímetro quadrado do intestino humano contenha 10 bilhões de microrganismos.

Os micróbios habitam toda a superfície de um ser humano sadio que esteja exposta ao exterior, como a pele, ou que seja acessível pelo exterior, como o trato digestivo — da boca ao ânus, além dos olhos, ouvidos e das vias respiratórias. Rosebury estima que 10 milhões de bactérias vivam em 1 centímetro quadrado de pele humana, descrevendo a superfície do corpo como análoga a uma "multidão em um shopping durante as compras de Natal".

Mas é certo que estes números variam nos 2 metros quadrados de pele humana, dependendo do local e das circunstâncias. Na pele oleosa que se encontra ao lado do nariz, ou numa axila suada, estes números podem vir a se multiplicar por dez, enquanto no interior do corpo, na superfície dos dentes, na garganta ou no trato digestivo, estas concentrações se multiplicam por mil. As superfícies internas do corpo humano são as mais densamente povoadas. Por outro lado, nas superfícies em que haja fluxo de líquidos removendo as bactérias, como no canal lacrimal ou nas partes urogenitais, estas populações são muito reduzidas. De fato, Rosebury não conseguiu detectar vida microbiana na bexiga e no fundo dos pulmões.

Ainda que estes números pareçam enormes, ele estima que todas as bactérias que vivem na superfície externa do homem caberiam dentro de uma ervilha média, ao passo que todas as que vivem internamente encheriam um frasco de pouco mais de 300 mililitros.

Esses números aumentam se é detectada a presença de microrganismos viróticos ou infecciosos, mas não em escala significativa. Mesmo que o número de microrganismos vivendo em nós seja enorme, quando se considera o volume do corpo humano, a quantidade das espécies que nos usam como hospedeiro não é assim tão grande.

Em relação ao número total de espécies que habitam um corpo sadio, as estimativas variam com novas espécies que são descobertas regularmente, mas Mark Pallen, professor de microbiologia da Universidade de Queens, em Belfast, avalia que sejam mais de duzentas.

"Há mais de oitenta vivendo somente na boca, e as pesquisas feitas no Laboratório de Ecologia e Fisiologia do

Sistema Digestivo em Jouy-em-Josas, na França, sugerem que pelo menos outras oitenta vivam nos intestinos, com muitas outras mais vivendo em nossa pele. É impossível afirmar com precisão, porém nossa população residente estável excede duzentas espécies", diz Pallen. "O genoma humano é formado por um máximo de 100 mil genes, enquanto o genoma de uma bactéria tem 2 mil genes. Assim, há, na verdade, quatro vezes mais genes nas bactérias que vivem no ser humano do que no genoma deste mesmo ser humano."

É claro que não são somente as bactérias e os vírus que fazem de nós a sua morada. Em seus livros Fearsome Fauna *[Fauna espantosa]* e Furtive Fauna *[Fauna furtiva], Roger M. Knutson mostra a grande variedade de parasitas que vivem tanto sobre o corpo quanto dentro dele. Estes tendem a ser organismos macroscópicos e alguns são criaturas medonhas.*

Provavelmente, os piolhos são os habitantes mais comuns do nosso corpo. Eles têm a capacidade de se instalar por toda a parte onde haja pêlo, dos cabelos às axilas e à virilha. Pelo menos, eles provocam menos danos do que coceira, diferentemente dos carrapatos, que transmitem doenças estranhas e desagradáveis, desde a causada pelo vírus Royal Farm até a febre hemorrágica de Omsk. Há também a sarna, que se acredita infestar milhões de seres humanos no mundo todo e que se esconde no corpo, causando uma coceira insuportável.

Felizmente, seu parente próximo, o ácaro dos folículos, que é encontrado em todas as pessoas, alimenta-se apenas de células mortas de pele e está longe de ser um problema. Nem todos os parasitas andam rastejando pelo nosso corpo.

Se você olhar bem de perto, pode encontrar fungos em seus cabelos e mofo nas dobras da pele.

No interior do trato digestivo, é possível encontrar, entre outros, o protozoário que causa a disenteria amebiana, de 20 metros de comprimento, e um verme que tem a propensão de entrar na corrente sangüínea.

Há outros seres em seu sangue, como o verme hermafrodita Schistosoma, que causa ulceração e sangramento da bexiga, enquanto em seu sistema linfático é possível encontrar o verme de 12 centímetros Wuchereria. No fígado pode-se achar o trematódeo amante da bile Clonorchis sinensis *e talvez o mais terrível de todos, o* Naegleria fowleri, *uma ameba que se aloja no cérebro, no calor do interior do crânio, reproduzindo-se aos milhões até que você caia morto.* (*N. do E.*)

Olhos mascarados

Sempre me intrigou o fato de poder enxergar perfeitamente sob a água usando óculos especiais ou máscara de mergulho e, sem eles, ver tudo fora de foco. Qual a causa disto, meus olhos ou a água?

Michael Slater
Bristol, Reino Unido

A razão pela qual isto acontece é a mesma que faz com que uma colher imersa num copo d'água pareça curva. A luz se propaga mais devagar na água do que no ar e, quando ela se move de um meio para outro, muda de velocidade, e seu raio se curva ou se refrata. A mudança de curvatura depende da relação da velocidade da luz em cada meio.

O olho humano é ajustado de forma suave, para assegurar com precisão que a luz que chega através da pupila seja focada pela retina na parte de trás dos olhos. Mas é otimizado para a luz que vem do ar e alcança a sua superfície. O olho lida com a refração que ocorre pela interface entre ele e o ar e disso resulta uma imagem focada na retina.

No entanto, quando a luz vem diretamente da água para o olho, curva-se de modo distinto, impedindo um foco correto. As máscaras de mergulho refazem a interação ar/olho e permitem uma visão normal.

Este fenômeno de desvio da direção da luz ao atravessar meios diferentes é usado em nosso benefício nos óculos, cuja curvatura das lentes corrige uma visão deficiente.

Richard Williams
Londres, Reino Unido

A quantidade de refração ou desvio da luz depende da diferença dos índices refrativos dos meios nos dois lados da superfície da córnea. Quanto maior a diferença, mais a luz é desviada. Como os índices refrativos do ar, da água e da córnea são, respectivamente, 1, 1,33 e 1,38, essa diferença é muito menor quando o olho está em contato com a água do que quando em contato com o ar.

A potência P de uma lente é dada por P = (n(1) n(2))/R, onde n(1) e n(2) são os índices refrativos da córnea e do meio exterior, respectivamente, e R é o raio da curvatura da córnea. P é medida em dioptrias. Uma dioptria é a unidade da potência de refração correspondente à distância focal (em metros) de uma lente dada. Considerando-se o valor de R igual a 0,008 metro, sua potência no ar é em torno de 47 dioptrias e, na água, em torno de 6 dioptrias.

A capacidade de foco das lentes do olho varia de grau porque o seu formato costuma ser controlado pelos músculos ciliares.

O aumento de potência que isso pode produzir é muito menor do que a perda de 41 dioptrias, quando o olho está em contato com a água. De fato, a maior mudança que o olho consegue é da ordem de 15 dioptrias em crianças, caindo para apenas 1 dioptria em adultos acima dos 60 anos de idade. O que significa que, sob a água, o olho é incapaz de desviar a luz que o penetra de forma eficiente para que possa focá-la na retina. Por causa disso, as imagens se apresentam fora de foco dentro da água.

William Madil
Sutton Coldfield, West Midlands, Reino Unido

2 Plantas e animais

Pernas para que vos quero

Desde que encontrei uma centopéia em meu banheiro, fiquei pensando: por que será que esta criatura tem tantas pernas? Qual a vantagem de ter tantas pernas e como foi que conseguiram isto?

Sarah Crew
Ongar, Essex, Reino Unido

Milípedes e minhocas têm estilos de vida semelhantes. Ambos se escondem e se alimentam de vegetais em decomposição, porém desenvolveram métodos diferentes de locomoção por terra. As minhocas usam os músculos fortes das paredes de seus corpos para pressionar a cavidade do corpo e desenvolver a força necessária para se deslocar para frente ou alargar uma abertura no solo. Os milípedes, por outro lado, usam suas pernas para se deslocar sobre o solo. Quanto mais pernas o animal tem, mais força ele possui para se deslocar.

Os milípedes são diferentes das centopéias. Têm um grande número de pernas curtas, pois pernas longas causariam dificuldade para andar num túnel sob a terra. As centopéias, que vivem na superfície entre folhas secas, têm pernas mais longas e em menor número. Elas têm pouca necessidade de tração, mas precisam correr mais depressa do que os milípedes.

Os milípedes, as centopéias e as minhocas têm corpos finos e compridos, divididos em muitos segmentos. Com exceção das duas extremidades de seus corpos, todos os segmentos têm mais ou menos a mesma aparência. De modo similar, muitos produtos da engenharia humana são construídos a partir de uma série de módulos idênticos. Por exemplo, assentos e janelas idênticos se repetem em toda a extensão de um ônibus. A vantagem é que um único projeto servirá para todos os bancos, sendo necessária apenas uma máquina para construí-los.

Da mesma forma, a repetição de segmentos em animais reduz a quantidade de informação genética necessária ao seu desenvolvimento. É provável que os milípedes tenham evoluído de um ancestral com menos segmentos e menos pernas, pela simples razão de que são as mudanças nos genes que determinam o número de segmentos.

R. McNeill Alexander
Professor Emérito de Zoologia
Universidade de Leeds, Reino Unido

Presença irritante

Enquanto descansávamos na sacada de um hotel, durante as férias, as moscas não nos deixavam em paz, até que uma tarde começou a ventar e elas desapareceram. Parece que as moscas não toleram o vento acima de uma certa velocidade. Que velocidade é essa e por que isso acontece? Para onde elas vão, e essas variações diferem de espécie para espécie?

Bill Williamson
Chesham, Buckinghamshire, Reino Unido

Na verdade há uma velocidade do vento acima da qual elas não conseguem voar, mas isso depende da temperatura, da umidade, do sexo e da idade da mosca, bem como de sua espécie.

Para a *Lucillia cuprina*, a mosca que mais infesta os carneiros no sul da Austrália, o limite de velocidade do vento suportado fica por volta de 30 quilômetros por hora. Esse é o limite máximo no qual ela consegue se movimentar em segurança sem danificar suas asas. Contudo, algumas espécies de moscas dependem do vento para transportá-las a grandes distâncias. Acredita-se que a incômoda mosquinha do mato australiana migre todo ano para a Tasmânia carregada pelo vento.

L. cuprina também fica no chão se a temperatura for superior a 40°C ou inferior a 12°C. Quando condições como estas a impedem de voar, ela procura um lugar protegido e espera até que as coisas melhorem.

Muitas espécies de moscas têm vidas relativamente curtas, medidas em dias. As fêmeas, segundo a espécie, põem ovos, ou seus filhotes já nascem vivos e se desenvolvem como larvas ou pupas debaixo da terra durante um ano ou mais. Elas emergem apenas quando as condições são favoráveis: em dias lindos, claros, ensolarados e com pouco vento, perfeitos para infernizar os turistas.

Jan Horton
West Launceston, Tasmânia, Austrália

Um amigo ciclista me disse que, depois de muitas experiências, os membros do Melbourne Cycling Club concluíram que deixam de ser perturbados pelas moscas quando pedalam a 15 quilômetros por hora, ou mais, em dias sem vento.

Tony Heyes
Doncaster East, Victoria, Austrália

Moro no Canadá subártico, onde milhões de mosquitos aparecem durante nosso curto verão. Quando está ventando, eles se escondem na vegetação rasteira para se proteger e não serem carregados pela ventania. Se andarmos pela tundra aparentemente vazia, levantaremos milhares de mosquitos ansiosos por uma rápida refeição com o nosso sangue.

Michael Morse
Yellowknife, Northwest Territories, Canadá

Posso confirmar que a velocidade máxima de certas moscas é de cerca de 15 quilômetros por hora. Quando andava de bicicleta abaixo desta velocidade, na subida dos Alpes ou dos Pireneus, as moscas eram um incômodo constante. Como não tenho a preparação física de um Lance Armstrong e estava carregado de bagagem, encontrei dificuldade em manter essa velocidade durante a subida. Tratava-se de uma escolha entre exaustão e ataques terríveis de insetos. Optei pela última. Quando se cansavam de mim, deviam aterrissar no ciclista que vinha logo atrás.

Steve Lockwood
Bromsgrove, Hereford and Worcester, Reino Unido

Banho verde

Improvisei uma banheira para pássaros no meu jardim com um recipiente de plástico bem grande. Foi um sucesso. Muitos pássaros vinham tomar banho todos os dias. Todavia, observei um crescimento rápido de algas na superfície da água. A bacia é nova e só coloco nela água potável. Então, de onde vêm as algas? Os pássaros tomam banho e bebem a água sem apresentar sinais aparentes de doenças.

Calverley Redfearn
Carlisle, Western Australia

Há dois aspectos nesta questão. De onde vêm as algas e como sobrevivem e proliferam?

As algas de água doce são bem adaptadas para crescer e sobreviver em reservatórios e poças d'água, mesmo temporários. Muitas espécies de algas verdes chegam a desenvolver esporos com paredes duras que ficam adormecidos quando as condições pioram e seu hábitat seca. Geralmente, esses esporos desidratados sobrevivem por longo tempo e são suficientemente pequenos para serem carregados pelo vento ou pela lama seca nas patas dos pássaros. Todas as banheiras para pássaros serão colonizadas rapidamente, com os esporos sendo reidratados tão logo entrem em contato com a água.

As algas também precisam de nutrientes para crescer e não sobrevivem bem em água destilada. A água potável da torneira, que normalmente é tratada contra toxinas e microrganismos, contém uma concentração bastante alta de nutrientes para o crescimento dessas plantas, tais como nitratos e fosfatos. Outras fontes nutrientes são a poeira carregada pelo vento e o muco nas patas das aves que estão se banhando.

Por esses motivos, completar a água do recipiente do jardim leva ao crescimento exagerado e imperceptível das algas verdes que seu correspondente relatou.

Desta forma, é absolutamente normal que cresçam algas na banheira dos pássaros, que é apenas mais um hábitat para elas. E a boa notícia é que as algas são inofensivas e não farão mal às aves.

Stephen Head
Diretor de conservação de lagos
The Water Habitats Trust, Universidade Oxford Brookes,
Reino Unido

Sob a ação da luz, os esporos microscópicos de algas em água contendo nutrientes dissolvidos se desenvolverão, formando uma camada visível em curto espaço de tempo.

Mas, para começar, de onde vêm esses esporos microscópicos? Devem ter vindo do recipiente que não foi esterilizado, ou da água, que, para ser potável, não precisa necessariamente de esterilização. Ou ainda podem ter vindo do meio ambiente circundante, trazidos pelos ventos ou pelas patas dos pássaros.

Aqueles que trabalham em escritórios que têm bebedouros com grandes garrafas plásticas sabem que a água potável num desses garrafões, mesmo fechado, irá desenvolver algas, se deixada sob a luz do sol durante muito tempo. Uma vez eu bebi, sem saber, um copo d'água proveniente de um desses garrafões com algas. Embora ela tivesse um gosto ligeiramente diferente, não me causou doença alguma.

Ian Williamson
Londres, Reino Unido

Instinto primitivo

Quando passa um carro com a sirene ligada em minha rua, todos os cães começam a latir. Ouvi dizer que o som das sirenes agride seus ouvidos sensíveis. Mas o meu gato, que parece ter uma audição mais sensível que a do meu cão, nem liga. Por que será que isso agride os ouvidos dos cães, mas não os dos gatos?

Michael Ham
Monterey, Califórnia, Estados Unidos

Para os cães, o som da sirene de um carro que passa deve ser parecido com o som de outro cão latindo. E talvez seja por isso que respondem com latidos também. Tal comportamento atávico dos cães vem do tempo em que caçavam em bando e se comunicavam uns com os outros, quando estavam afastados à procura da presa. Mesmo que o som da sirene não imite o som de um latido, os cães devem identificar um componente do barulho feito por ela que os fazem lembrar de um latido. Os gatos, por outro lado, caçam sozinhos, e não em bando, e, desta forma, não respondem às sirenes.

Anne Bloomberg
Londres, Reino Unido

Seu correspondente provavelmente gostará de ler o excelente livro *Dogwatching: Why Dogs Bark and Other Canines Mysteries Explained* [Observando os cães: por que eles latem e outros mistérios caninos desvendados]. Nele, o antropólogo Desmond Morris responde a 46 perguntas freqüentes. Ele diz que as famílias que cantam juntas são, às vezes, ajudadas por seus cães, quando o som da música que cantam imita o som de um latido.

Cães, lobos e seres humanos desenvolveram o espírito de cooperação nas caçadas e, mais recentemente, no pastoreio de carneiros, precisando comunicar-se com seus parceiros da colina próxima. Daí vêm os latidos, uivos e artifícios como o *challil*,* ou a flauta. As sirenes são latidos

*Tipo de flauta típica dos pastores de Israel. *(N. do T.)*

artificiais amplificados. A modulação de seu som tem a finalidade de nos chamar a atenção. E aos meus ouvidos e aos dos meus cães, elas cumprem perfeitamente sua função.

Ann Bradford Drummond
Micanopy, Flórida, Estados Unidos

Concha mágica

Algumas semanas atrás, eu estava na Bélgica com amigos. Alguns comeram escargôs com alho e um deles resolveu levar uma das conchas vazias para casa, para que seu filho de 3 anos brincasse com ela. A concha foi lavada e ficou esquecida em cima da bancada da cozinha, até que um dia dois pequenos escargôs saíram de dentro dela. Os "pais dos escargôs" já tinham sido fritados e comidos há muito tempo. Se meu amigo não está nos pregando uma peça, o que aconteceu?

Dave Mitchell
Por e-mail, sem endereço

Muitos leitores acharam que esta pergunta era uma grande gozação. Mas pode haver uma resposta simples para ela. (N. do E.)

Os escargôs fertilizam e guardam seus ovos nas paredes de sua concha. Em seu preparo para a alimentação, são retirados da concha com uma espátula, geralmente passados na manteiga, na salsa e no alho e, em seguida, são cozidos. Após o cozimento, são recolocados nas conchas e servidos.

As conchas não são cozidas e os bebês retardatários que emergiram dela, na casa de seu amigo, devem ter sido oriundos de ovos que já estavam lá dentro. É provável que tenham sobrevivido à raspagem da espátula.

Gregory Sams
Londres, Reino Unido

O tipo de escargô freqüentemente servido na Europa é o *Helix pomatia*. Ele é conhecido no Reino Unido como "escargô romano", pois foram os romanos que o levaram para as mesas britânicas. Ele é originário de quase toda a Europa.

Os escargôs servidos em restaurantes geralmente vêm de criações, mas podem ser colhidos na natureza. São hermafroditas e, embora tenham órgãos reprodutores masculinos e femininos, precisam se acasalar antes de pôr os ovos. Feito isto, o escargô guarda o esperma que recebeu por até um ano antes de ser fertilizado, embora os ovos em geral sejam postos poucas semanas após o acasalamento.

Os ovos do *H. pomatia* são postos em buracos cavados no solo com cerca de 6 centímetros de profundidade. Um escargô leva em média dois dias para botar de trinta a cinqüenta ovos. Quatro semanas depois, os filhotes, inteiramente formados, eclodirão.

Neste caso, os ovos que estavam dentro da concha deveriam ter morrido durante o processo de cozimento. Porém, é possível que a concha na qual o escargô foi colocado para ser servido não tenha sido a que lhe pertenceu. Os escargôs geralmente já chegam ao mercado previamente cozidos, acompanhados do suprimento de conchas onde deverão ser colocados na hora de servir. É provável que uma delas já contivesse ovos depositados nas reentrâncias das espiras.*

Mais informações sobre escargôs e sua conservação podem ser encontradas no site da Conchological Society of Great Britain and Ireland: www.conchsoc.org.

Peter Topley
Bedfordshire, Reino Unido

Vida na pedra

Em uma chaminé de tijolos perto de minha casa, em Hemel Hempstead, no sul da Inglaterra, há uma árvore crescendo. Já vi árvores semelhantes crescendo entre pedras e nas torres de catedrais. Como é que essas plantas sobrevivem? Para onde vão suas raízes? As árvores jovens do meu jardim fazem força para sobreviver num solo de terra adubada. Como é que uma árvore de 1 metro consegue sobreviver numa parede de tijolos?

Jane Stephens
Hemel Hempstead, Hertfordshire, Reino Unido

---

*Cada volta de uma espiral ou de qualquer objeto com essa forma. *(N. do T.)*

A ausência de árvores na maioria das chaminés mostra que elas necessitam de um meio mais favorável para sobreviver. Paredes de tijolo danificadas chegam a apresentar fendas. E, dentro de uma delas, uma semente que se aloje poderá desenvolver raízes descendentes durante um ano chuvoso. O excesso de umidade permite que as raízes se aprofundem na parede de tijolos, que deve ser forte o suficiente para que a planta resista até as chuvas do ano seguinte.

Como as chaminés de fábricas têm paredes de tijolos grossas, seu interior guarda umidade por mais tempo, antes de secar completamente. A chuva entra pelas rachaduras do topo e o vento se encarrega de guiá-la para dentro da chaminé, infiltrando-a pela parede molhada. À medida que as raízes crescem, alargam as juntas dos tijolos, criando um ambiente mais favorável ao seu crescimento. Este processo é ajudado pelo congelamento da água no inverno, que expande o espaço entre os tijolos, e pela chuva, que dissolve a cal da argamassa.

Muitas espécies herbáceas, tais como salgueiros, produzem sementes aéreas que, carregadas pelo vento, acabam se fixando, por um tempo não muito longo, no topo de chaminés, germinando e se desenvolvendo antes de morrer, quando chega a seca. Suas raízes decompostas favorecem a capacidade de retenção de água nas frestas antes que novas sementes reapareçam.

A árvore de 1 metro mencionada é apenas superficialmente parecida com a espécie de árvore da mesma altura cultivada num jardim. A diferença é que ela é muito mais velha do que uma árvore de jardim do mesmo tamanho e consegue crescer muito pouco, exceto em anos chuvosos. Terá galhos mais numerosos e folhas menores cobertas de pigmentos vermelhos, como é comum em árvores que crescem sob condições desfavoráveis. Em situações extremas, ela reduz a perda de água livrando-se de suas folhas.

Há probabilidade de que esta árvore seja uma espécie exótica de jardim e não uma árvore selvagem. Aqui, em Nottinghamshire, temos tão pouca chuva quanto em Hertfordshire. Nestas condições, a buddleja* cresce em qualquer lugar, apresentando plantas de até 30 centímetros sobre paredes lisas. Já vi uma de 2 metros de altura num lugar onde uma calha vaza e molha copiosamente os tijolos. As raízes penetraram e abriram uma fenda na argamassa da parede.

Ian Hartland
Worksop, Nottinghamshire, Reino Unido

Paredes de pedra costumam acumular água suficiente para a sobrevivência de plantas, e há sempre bastante ar para lhes fornecer o dióxido de carbono. As fezes despejadas pelos pássaros, a poeira e os minerais dissolvidos das pedras fornecem os nutrientes necessários ao seu crescimento. Na verdade, algumas plantas epífitas, como as Tillandsia, ou "plantas do ar", tiram praticamente toda a sua nutrição da poeira.

---

*Espécie de árvore do Leste Asiático, com flores vistosas e utilizada para fins ornamentais. *(N. do T.)*

Em geral, as árvores de jardim não são epífitas e não são adaptadas a se agarrarem em pedras ou em cascas de outras árvores. Mas muitas figueiras, como a mata-pau, que abafam a vida de outras árvores, começam a vida como um bonsai, cujas sementes vieram das fezes de pássaros, seja em uma parede, numa face do penhasco ou no tronco de outra árvore. Nesses locais, elas se agarram à vida durante séculos, antes que alguma mudança as destrua ou conduza uma de suas radículas para crescer em solo fértil.

Jon Richfield
Somerset West, África do Sul

Moro numa área de Snowdonia onde havia uma pedreira que, ao se tornar inativa, deixou no local uma montanha de cacos de ardósia. Atualmente muitas organizações estão usando vários métodos para replantar essa paisagem árida. Um desses métodos consiste em trazer caminhões de terra e replantar as encostas com arbustos, numa tentativa de recuperar o entorno. Há muitos problemas envolvidos nesta empreitada: as encostas de cacos permitem uma drenagem excepcional, mas não retêm água suficiente para que as plantas cresçam saudáveis; as chuvas freqüentes escoam a água por entre o solo; as encostas não têm estabilidade o bastante para o desenvolvimento de plantas maiores.

Um método menos trabalhoso consiste em lançar sobre a pilha de cacos muitas sementes de arbustos e árvores nos lugares em que os pássaros fazem seus poleiros. Os pássaros comem as sementes espalhadas, ficam nos poleiros e deixam por lá seus excrementos. Estes contêm as sementes e ainda agem como fertilizantes. Os pássaros podem até mesmo trazer sementes do meio ambiente circundante e depositá-las junto com suas fezes.

Quando os primeiros arbustos crescem, proporcionam mais poleiros para os pássaros, que depositam o fertilizante onde ele é mais necessário. Tais plantas promovem o crescimento de plantas menores, como musgo e grama, que nascem em suas sombras e das folhas que caem. As plantas menores ajudam a reter a água e a formar o húmus na medida em que se decompõem.

Eu diria que um processo similar é responsável pela sobrevivência de plantas em pedras soltas e estruturas de tijolos. Os pássaros que pousam ou fazem seus ninhos nestes lugares provêm as sementes, e seus excrementos fornecem o fertilizante. Os nutrientes também estimulam o desenvolvimento de musgos, que retêm a umidade para a árvore e eventualmente provêm um tipo do solo à medida em que morrem e sucumbem. As raízes confinadas aos nichos e reentrâncias nas fendas das juntas conseguem dar a estas árvores um crescimento do tipo "bonsai".

Jeremy Watkins
Blaenau Ffestiniog, Gwynedd, Reino Unido

Batatinhas mortíferas

Quando eu era pequeno, minha avó me dizia que eu jamais deveria comer as partes verdes das cascas de batatas velhas ou machucadas. Com isso, aprendi que elas contêm uma toxina semelhante àquela encontrada na beladona. Quantas batatas com manchas verdes eu tenho que comer para ficar doente e que mal me fariam suas toxinas? Espécies relacionadas à batata, como inhames e berinjelas, também apresentam esses problemas?

Emily Jane Horseman
Buxton, Derbyshire, Reino Unido

As batatas pertencem à família das plantas *Solanaceae*, que inclui os tomates, os pimentões, as berinjelas, o tabaco e a beladona. São plantas conhecidas pelos alcalóides tóxicos que produzem, como a solanina, nas folhas, nas raízes e nos frutos. Infelizmente a solanina não é solúvel e, desta forma, não é capaz de ser removida com a lavagem da batata nem destruída com o seu cozimento.

Mesmo em variedades comestíveis, as folhas, os brotos e os frutos apresentam alta concentração de glicoalcalóides e não devem ser ingeridos. Os tubérculos de batatas devem sempre ser guardados em lugares frescos, secos e escuros. Se expostos à luz, chegam a desenvolver concentrações inaceitáveis de glicoalcalóides, que podem ser notados pelas manchas esverdeadas que se encontram nas batatas mais velhas.

Algumas pessoas têm morrido envenenadas por solanina. Um relatório do Departamento Canadense de Segurança Química para a Organização Mundial de Saúde concluiu que não há nível seguro de solanina nos alimentos, mas que níveis de 10 a 100 miligramas por quilograma em batatas estocadas corretamente são aceitáveis.

A dose letal é algo em torno de 3 miligramas de glicoalcalóide para cada quilo da massa corporal de uma pessoa. Assim, um adulto com, digamos, 70 quilos terá que ingerir pelo menos 2 quilos de batatas para conseguir uma dose fatal. Mesmo que alguém tivesse fome suficiente para comer tal quantidade, na certa teria problemas gastrintestinais com sintomas neurológicos, em vez de morte. Além disso, mesmo que as concentrações nas batatas atingissem níveis perigosos, o gosto amargo e a sensação de azia queimando em sua garganta denunciariam o que estava acontecendo.

Dizem que, se a batata fosse introduzida na Europa hoje em dia, e não no século XVI, como aconteceu, a União Européia a teria banido, baseada no Regulamento sobre Alimentos Novos (EC) 258197. Ele especifica que todos os alimentos que não tiveram um histórico de consumo na União Européia anterior a maio de 1977 devem passar por uma verificação de segurança antes de serem comercializados. A importância deste controle foi demonstrada de forma dramática nos Estados Unidos, quando um homem quase morreu depois de ter comido uma batata da variedade Lenape, introduzida em 1964, sem que sua taxa de glicoalcalóides tivesse sido examinada.

A genética das batatas é complexa e as tentativas de produzir variedades a partir da estreita base genética de híbridos trazidos da América Latina têm desenvolvido plantas com altas concentrações de solanina.

Mike Follows
Willenhall, West Midlands, Reino Unido

Quando uma batata é exposta à luz, seu conteúdo de solanina se eleva, como proteção natural, impedindo que seja comida por animais que pastam. A intenção é a propagação da espécie, e não o seu consumo. A solanina dá às batatas um gosto amargo e atua nos neurotransmissores acetilcolínicos. Causa secura da boca, sede e palpitações. Em doses elevadas, chega a causar delírio, alucinações e paralisia.

A parte verde de uma batata é a inofensiva clorofila, mas age como um aviso de que a batata tem um índice elevado de solanina. Neste caso, deve-se jogar a batata fora. O mesmo se aplica às batatas que começaram a germinar e às batatas que apresentam listras pretas por terem murchado. A dose fatal de solanina para um adulto situa-se entre 3 e 6 miligramas por quilo de peso corporal, ou entre 200 e 500 miligramas no total, dependendo do peso do corpo. Batatas acondicionadas adequadamente contêm menos de 200 miligramas por quilo. Desta forma, uma dose fatal poderia ficar em torno de 1 quilo para uma pessoa de pouca massa corporal.

A solanina se concentra na casca da batata. Assim, descascar uma batata remove de 30% a 90% da toxina, o que vai contra o velho ditado de que "as vitaminas estão na casca". No passado, as batatas eram estocadas, sem lavagem, em sacos de papel colocados num canto escuro do armazém. A prática moderna de lavar as batatas e apresentá-las para o consumo em embalagens de plástico transparente aumenta o risco da solanina. Em exposição a uma luz a 16ºC, a concentração de solanina quadruplica a cada 24 horas. A 75ºC, a concentração na casca costuma ser nove vezes maior, chegando a 1.800 miligramas por quilo.

Beladonas, tomates, berinjelas e pimentas também contêm solanina em quantidades variáveis, dependendo do grau de seu amadurecimento e do quanto já estão contaminadas. A nicotina do tabaco também apresenta o mesmo glicoalcalóide da solanina, mas acredita-se que a alta temperatura da combustão modifique seu impacto tóxico. Comer um cigarro é, de longe, mais tóxico do que fumá-lo.

Craig Sams
Hastings, East Sussex, Reino Unido

Berinjelas são parentes das batatas e também contêm solanina, além de altos níveis de histamina e nicotina. Há casos documentados de alergia tanto à fruta quanto ao pólen e de reações em indivíduos sensíveis à histamina. Ainda assim, a maioria dos componentes tóxicos foi retirada das espécies comestíveis cultivadas e não há espécies selvagens no mercado.

O inhame não é da família das batatas, mas, como muitas outras plantas, contém componentes tóxicos, incluindo polifenóis e um elemento químico semelhante ao tanino. Possui, também, uma quantidade menor de alcalóides, alguns dos quais usados na síntese da pílula anticoncepcional e em corticosteróides. Algumas variedades de inhame contêm os alcalóides amargos diidrodioscorina e dioscorina. Esses componentes são alcalóides solúveis em água e, se ingeridos, provocam sintomas graves e sofrimento capaz de se tornar fatal. Os inhames são desintoxicados pela lavagem em água com sal, água quente ou água corrente.

Derek Matthews
Cambridge, Reino Unido

? Buraco sem fundo

Durante o outono, meu jardim é sempre premiado por trilhas de toupeiras conectadas a uma rede de túneis logo abaixo da superfície. Este fato levanta um monte de questões: quão extenso é um sistema de túneis de toupeira? Elas estão constantemente desenvolvendo o sistema e as áreas se tornam redundantes? Até onde vão os túneis? Dado que as toupeiras são solitárias, fazem túneis individuais que se sobrepõem? Se não é este o caso, como elas se encontram para assegurar a perpetuação da espécie?

Alan Rowe
Insch, Aberdeenshire, Reino Unido

A profundidade e a extensão de um sistema de túneis de toupeira (*Talpa europaea*) variam de forma considerável, o que irá depender de uma série de fatores, tais como o tipo de solo e a altura do lençol freático. As minhocas e outros invertebrados que entram nesse sistema de túneis são a principal fonte de alimento das toupeiras. Portanto, é provável que uma toupeira que viva numa área rica em minhocas precise de um sistema de túneis menor do que uma que habite numa área de solo ácido onde existam poucas minhocas.

As toupeiras ampliam seus sistemas de túneis quando sentem necessidade e abandonam os túneis que se tornam inoperantes e improdutivos. Sua atividade de cavar aumenta no outono, quando as baixas temperaturas do solo fazem com que as minhocas, e as toupeiras que as caçam, desloquem-se para camadas mais profundas sob a superfície. Na primavera as minhocas começam a retornar às camadas superficiais do solo, quando se nota um aumento de atividade das toupeiras, que estão cavando novos túneis e reparando túneis velhos.

As toupeiras são animais solitários fora da estação de acasalamento, que ocorre na primavera, e costumam expulsar todos os intrusos de sua espécie que tentem entrar em seu sistema de túneis. No entanto, quando as áreas estão densamente povoadas, os túneis podem vir a se sobrepor.

Durante a estação de acasalamento, em fevereiro e março, os machos se tornam mais ativos, chegando a abandonar seus territórios à procura de companheiras. Este deslocamento, em geral, dá-se na superfície, mas também pode ocorrer dentro do sistema de túneis. As fêmeas são localizadas pelo olfato, mas pouco se sabe sobre os hábitos de acasalamento destes animais.

Andrew Halstead
Entomologista-chefe
Royal Horticultural Society, Londres, Reino Unido

Os túneis construídos pelas toupeiras são, na verdade, armadilhas sofisticadas para apanhar os numerosos invertebrados que lhes servem de alimento. Os túneis precisam ter extensão suficiente para fornecer bastante alimento. Seu comprimento varia de acordo com a densidade de invertebrados comestíveis no solo em que se encontram. Nas áreas onde há poucos invertebrados entre os túneis, estes precisam ser mais extensos e o sistema precisa ser mais complexo, e em áreas de alimentação mais farta acontece o inverso.

As toupeiras são criaturas solitárias. No entanto, não se negarão a se ajudar mutuamente. Em lugares onde há muito alimento e pouca água, um túnel longo é compartilhado por todas as toupeiras que por ele passam em direção à fonte de água. Um par de toupeiras também cooperará, em uma área sujeita a inundações periódicas, na construção de um monte de tamanho suficiente para abrigar um compartimento no qual os filhotes possam ser amamentados, acima do nível da água. As toupeiras são excelentes nadadoras, embora não sejam tão boas quanto suas parentas, as toupeiras-d'água (*Desmana pyrenaica*).

Mike Eastham
Por e-mail, sem endereço

O território de uma toupeira adulta normalmente cobre uma área de 2.000 a 7.000 metros quadrados, com os machos tendendo a ter territórios maiores do que os das fêmeas. Dependendo do tipo de solo, chega a haver até seis níveis de túneis sob a relva.

Túneis rasos são feitos pela toupeira empurrando o corpo terra adentro, girando-o para comprimir o solo e as paredes à sua volta. Quanto mais fundos os túneis, mais eles precisam de uma verdadeira operação de escavação, com a toupeira tirando a terra de dentro do túnel, dando uma cambalhota para empurrá-la até a superfície e formando o monte característico que é a desgraça do jardineiro que se preocupa com a paisagem de seu jardim.

Escavar um sistema extenso de túneis requer um grande investimento de trabalho, o que talvez explique por que, uma vez construído, é ferozmente defendido. Já a manutenção do sistema demanda muito menos esforço. Os territórios freqüentemente se sobrepõem e, quando os túneis se encontram, muitas toupeiras deixam marcas odoríferas para estabelecer claramente seus limites. Se um proprietário se ausenta por muito tempo e suas marcas desaparecem, seus túneis são rapidamente tomados por toupeiras rivais.

Lillian Walker
Bridgnorth, Shropshire, Reino Unido

? Passeando nas alturas

Durante uma visita que fiz ao Quênia, reparei que as girafas andam num "passo de marcha". As duas pernas do mesmo lado do animal movem-se juntas, diferentemente de um cavalo e de outros quadrúpedes. Pelo que eu saiba, nenhum outro ruminante, exceto o camelo e o okapi, anda desta maneira. Será que alguém conhece as razões biomecânicas disso e se se trata de um fenômeno exclusivo das girafas e dos camelos? Esta forma de locomoção será mais eficiente do que a marcha convencional?

Roger Santer
Newcastle-upon-Tyne, Reino Unido

As girafas e os camelos têm pernas longas, corpos relativamente curtos e patas grandes. Uma explicação simples para seus passos estranhos é que eles impedem que as patas dianteiras atrapalhem o movimento das traseiras.

Se chamarmos de DE a pata dianteira esquerda, DD a dianteira direita, TE a pata traseira esquerda e TD a traseira direita, podemos descrever os padrões de andar dos animais. A maioria dos mamíferos anda movimentando as patas alternadamente, sempre na mesma ordem, a intervalos de tempo mais ou menos constantes:

DE**TD**DD**TE**DE**TD**DD**TE e assim por diante. Quatro asteriscos indicam o intervalo de tempo maior e um asterisco o intervalo de tempo menor.

No trote, que é um andar mais rápido, as patas se movem de duas em duas ao mesmo tempo, em pares diagonalmente opostos:

(DE+TD)****(DD+TE)****(DE+TD)****(DD+TE) e assim por diante.

Os camelos são diferentes. Em vez de trotar, eles andam, movendo juntos os dois pés do mesmo lado do corpo: (TE+DE)****(TD+DD)****(TE+DE)****(TD+DD) e assim por diante.

Quem faz a pergunta diz que o andar das girafas é como o dos camelos, que movem as duas patas do mesmo lado, ao mesmo tempo, mas isto não é correto. O zoólogo americano Milton Hildebrand analisou filmes que mostram que as girafas andam da seguinte maneira: DE***TD*DD***-TE*DE***TD*DD***TE e assim por diante.

Os intervalos de tempo longos e curtos se alternam e as patas dianteiras se movem ligeiramente adiante das traseiras do mesmo lado.

No trote, como as patas são longas, a pata dianteira se desloca para trás, enquanto a traseira do mesmo lado se desloca para frente, havendo o perigo de uma se chocar com a outra. Caminhando a passo, ambas as patas do mesmo lado se deslocam para frente e depois para trás, de modo que as patas dianteiras e traseiras não corram o risco de colidir.

Os cães de patas compridas também andam, em vez de trotar, o que sustenta esta explicação sobre o andar das girafas.

Nos cavalos há menos perigo de colisão das patas dianteiras e traseiras no caminhar normal do que no trote. O caminhar das girafas reduz ainda mais este perigo. E serve para explicar o seu jeito de andar. Para terminar, creio que tanto as girafas quanto os camelos galopem muito bem. No galope, ambas as patas dianteiras se deslocam para trás, enquanto as traseiras se deslocam para frente, oferecendo grande possibilidade de colisão.

Hildebrand encontrou o mesmo tipo de andar das girafas nos guepardos, nas hienas e nas gazelas-girafas (um tipo de antílope de patas compridas). Não foi feita qualquer experiência no sentido de averiguar qual a energia necessária para o trote ou para o passo, ou entre os estilos de andar do cavalo e da girafa, mas penso que as diferenças sejam pequenas.

R. McNeill Alexander
Professor emérito de zoologia
Universidade de Leeds, Reino Unido

? Sete vidas, para quê?

Um amigo meu acha que se pode lançar um gato de qualquer altura que ele sempre sairá ileso porque sua velocidade terminal é mais baixa do que a velocidade na qual ele pode aterrissar sem se machucar. Alguém confirma ou refuta esta teoria? Os gatinhos lá em casa passaram a olhar com desconfiança para o meu amigo. Acho que não é verdade, ou é?

Anna Goodman
Oxford, Reino Unido

Lembro-me de um estudo de autoria de W. O. Whitney e C. J. Mehlhaff, dois veterinários de Nova York, publicado no *Journal of American Veterinary Medicine Association*, em 1987, intitulado "Síndrome em gatos de arranha-céus". Este mesmo estudo foi publicado na *Nature* um ano depois.

Os autores examinaram ferimentos e taxas de mortalidade em gatos que foram levados ao hospital depois de sofrerem quedas do segundo até o trigésimo segundo andares de edifícios. Os índices de mortalidade foram baixos, com 90% dos gatos sobrevivendo, o que sustenta a teoria do amigo elurofóbico* da correspondente. Surpreendentemente, o estudo constatou que a incidência de ferimentos e morte ocorreu em sua maioria de quedas sofridas dos primeiros sete andares, decrescendo em quedas de alturas maiores.

O artigo na *Nature* apresenta três variáveis principais que determinam a taxa de ferimentos e mortes: a velocidade alcançada, a altura da queda e a área do corpo do bichano que sofreu a força do impacto. Um piso de concreto não trabalha a favor de ninguém que caia sobre ele, embora os gatos sofram poucos estragos (comparativamente a seus donos), porque a sua velocidade terminal de queda é na verdade menor, além de eles absorverem melhor o choque. Um gato em queda apresenta uma relação de superfície e massa maior do que a de um ser humano e, assim, chega a uma velocidade terminal de cerca de 100 quilômetros por hora (metade da dos humanos). Os ga-

*Aquele que tem medo patológico de gatos. *(N. do T.)*

tos também conseguem se virar enquanto caem, fazendo com que o impacto seja amortecido pelas quatro patas, diferentemente de nós, com nossas duas pernas. E como eles são mais flexíveis que os humanos, têm facilidade de aterrissar flexionando os membros e dissipando as forças do impacto através dos tecidos moles.

Para responder ao aumento paradoxal da taxa de sobrevivência em quedas acima do sétimo pavimento, os autores sugerem que os gatos tendem a se contrair, reduzindo sua capacidade de absorver impacto. O interessante é que, uma vez que a velocidade terminal tenha sido atingida, não há qualquer outra força agindo sobre o animal, e ele, então, relaxa, aumentando tanto sua flexibilidade quanto a área que absorverá o impacto assim que atingir o chão.

Apesar disso, acho melhor manter seu amigo longe dos gatos. Poucos prédios em Oxford têm mais de sete pavimentos, mas há muitos rios pelas redondezas.

John Bothwell
Marine Biological Association, Plymouth, Devon,
Reino Unido

Quando os gatos aterrissam, eles flexionam as pernas para absorver o choque, como nós fazemos com os joelhos. Obviamente esta ação faz com que seus corpos fiquem mais perto do chão, principalmente a cabeça, pois eles possuem quatro patas. Nas quedas ou nos pulos acima de certa altura, esta ação de flexão dos gatos é capaz de provocar a fratura da mandíbula no contato com o chão.

Nikki Lough
Airdrie, North Lanarkshire, Reino Unido

Os veterinários observam com freqüência ferimentos na mandíbula de gatos provocados por pulos de muros altos. (N. do E.)

Não sei qual é a velocidade terminal de um gato em queda, mas me lembrei de uma piada.

Como os gatos sempre aterrissam sobre as quatro patas e as torradas sempre caem com o lado da manteiga virado para baixo, pode-se construir uma máquina de moto-contínuo prendendo-se uma torrada com manteiga nas costas de um gato. Quando o gato for jogado, ele permanecerá suspenso e ficará girando indefinidamente devido às forças opostas.

Catherine
Universidade de Staffordshire, Stoke-on-Trent, Reino Unido

Os riscos de quedas em diferentes animais foram destacados em 1927 pelo biólogo J. B. S. Haldane, em *Possible Worlds and Other Essays* [Mundos possíveis e outros ensaios]. Ele escreveu:

A gravidade, mero incômodo para os cristãos, foi um terror para o papa, os pagãos e os desesperados. Para o camundongo ou qualquer animal menor, ela não representa qualquer perigo. Se um camundongo for jogado dentro de um poço de mina de 910 metros de altura, ao chegar ao fundo, ele sentirá um ligeiro choque e sairá andando normalmente.

Um rato morreria, um homem se quebraria todo e um cavalo se esborracharia devido ao fato de que a resistência ao ar causada pelo movimento é proporcional à superfície do objeto que se move. Divida o comprimento, a largura e a altura de um animal, cada um por dez; seu peso será reduzido para um milésimo, mas sua superfície, apenas a um centésimo. Assim, a resistência à queda no caso de um animal pequeno é relativamente dez vezes maior do que a força do empuxo. Um inseto, então, não tem medo da gravidade; cairá sem perigo e voltará a se agarrar ao teto sem problema algum.

John Forrester
Edimburgo, Reino Unido

? Bilhete de ida e volta

Outro dia vi uma abelha grande entrar pela porta do vagão do trem em que eu estava. Depois, a vi sair numa estação 16 quilômetros adiante. É possível que ela pudesse achar o caminho de volta para casa sem usar o trem? Se não, ela poderia se integrar em outra colméia ou encontraria resistência e seria atacada?

Chris Ball
Por e-mail, sem endereço

Há uma grande possibilidade de essa abelha ter encontrado o caminho de volta para a sua colméia. Seu tamanho grande sugere que ela era uma rainha ou uma operária da espécie *Bombus*. As abelhas possuem meios especiais de orientação de vôo para memorizar marcos próximos e distantes da colméia. Usam também a posição do Sol, tendo como referência um relógio interno para compensar seu movimento no céu.

Meu colega Mark O'Neill soltou uma abelha operária *Bombus terrestris* e uma *Bombus pratorum* a mais de 6 quilômetros de suas colméias e elas retornaram sem problemas. Estas abelhas foram levadas de carro para os seus pontos de partida na expectativa de que os marcos de sua navegação costumeira ficassem comprometidos mais do que se devia esperar de uma viagem de trem. Porém, seus relógios internos, compensando o movimento do Sol, permitiram que elas navegassem de volta até uma distância relativamente próxima de suas colméias, onde os marcos visuais poderiam novamente orientá-las.

A capacidade de achar a colméia a uma grande distância é vital para as abelhas, pois a casa e o alimento podem não ser encontrados num mesmo hábitat. As grandes fêmeas solitárias do gênero anti-social *Anthophora* e *Proxylocopa*, cuja biologia da colméia estudei num sítio no deserto de Negev, voavam sempre direto da entrada da colméia por sobre o horizonte, passando acima de uma colina a 500 metros de distância. Do topo dessa colina, eu não conseguia ver nenhuma vegetação florida no vale próximo. Calculei que a distância mínima até um lugar onde elas pudessem se alimentar ficava a 4 quilômetros da colméia, o que acarretaria uma viagem de 8 quilômetros, ida e volta.

Sabe-se que as operárias de uma espécie muito menor, chamada *Apis mellifera,* conseguem se alimentar a 13 quilômetros da colméia, mesmo numa floresta densa, e que fêmeas de espécies grandes de abelhas neotropicais têm sido observadas alimentando-se a 30 quilômetros de suas colméias.

Se a abelha que viajou no trem foi uma rainha *Bombus*, talvez tenha se insinuado numa colônia estabelecida da sua espécie, colocando-se na parte de baixo da colméia para absorver o odor da colônia e, com isso, evitar uma recepção agressiva das abelhas residentes. Uma rainha à cata de ovos com tendências agressivas costuma matar a rainha residente e assumir o controle da colônia. Mas uma abelha exausta e desorientada que entre numa colônia estranha corre o risco de ser morta pelas operárias. Esses comportamentos foram registrados em vespas grandes.

Uma fêmea *Anthophora* incapaz de encontrar seu ninho poderá escavar um novo se os disponíveis estiverem fechados. Pelo que sei, ninguém ainda tentou ver se essas espécies solitárias e desgarradas fizeram um ninho num lugar novo.

Chris O'Toole
Bee Systematics and Biology Unit, Universidade de Oxford
Museu de História Natural, Oxford, Reino Unido

Fruto espinhoso

Por que os abacaxis têm uma série de folhas espinhentas e amedrontadoras que fazem com que esta fruta doce e suculenta se torne quase impossível de segurar? É certo que o propósito de uma fruta doce é atrair animais que a comam e espalhem suas sementes. Assim sendo, como é que o abacaxi espalha suas sementes?

Colin Wilson
Darwin, Northern Territory, Austrália

A resposta é simples. O aspecto do abacaxi antes de ser retirado da natureza é bem diferente daquele que chega às nossas casas depois de maduro.

O abacaxi *Ananas comosus* foi encontrado originalmente no sul do Brasil e no Paraguai, e os povos indígenas o espalharam por toda a América do Sul, a América Central e as Índias Ocidentais.

Trata-se de uma planta herbácea e perene que cresce até a altura de um metro e meio e tem um metro de copa. Ela produz uma roseta composta de folhas longas em cujo centro fica um botão. Desse botão nasce um pecíolo que se desenvolve num cacho de flores vermelho-púrpura; cada cacho está unido à planta por uma estrutura pontuda parecida com uma folha, chamada bráctea. *In natura*, essas flores são polinizadas por beija-flores para produzir sementes pequenas e duras na própria fruta.

Todos os que comem abacaxi sabem que a fruta comercializada não possui sementes. Isso ocorre porque os pés de abacaxis, como os das bananas, continuarão a desenvolver frutas, mesmo que não tenham sido polinizados e fertilizados. Como muitas outras plantas, a do abacaxi não se autopoliniza.

A fruta do abacaxi é criada pela fusão de cem a duzentos frutas pequenas, incorporadas por uma polpa comestível. O ovário de cada flor torna-se uma baga, e todas as bagas se aglutinam numa única estrutura sólida. Essa aglutinação de frutos múltiplos chama-se sorose. A casca dura e sua pele pegajosa guardam as brácteas e o remanescente das flores.

Embora o pé de abacaxi possa crescer a partir de sementes, ele também se desenvolve, eficientemente, de outras maneiras: dos rebentos que surgem no caule, logo abaixo do fruto, dos rebentões que se originam nas folhas e nas coroas, que crescem no topo dos frutos, e dos talos, que emergem de porções subterrâneas do caule.

Os abacaxis que os ingleses compram no supermercado são diferentes de seus parentes da América do Sul. O abacaxi selvagem é bem menor. Ele cai pesadamente do pé e fica certo tempo no chão, sob sol forte, até amadurecer e se tornar bem macio. Quando o comemos, ele está tenro e fácil de ser cortado, revelando-se uma fruta doce e delicada.

As pessoas costumam comer abacaxis e bananas que compram no mercado antes que eles amadureçam totalmente. No entanto, um abacaxi saboroso e macio caído no chão tende a ser atraente para muitos animais, como macacos e pequenos mamíferos, que ajudarão a dispersar suas sementes.

Agradecemos a Philip Griffiths, do Royal Botanical Gardens, de Kew, em Londres, Reino Unido, por sua ajuda nesta resposta.

O "V" que se vê

Há algum tempo li que existem muitas teorias sobre o vôo em "V" dos gansos. Alguém tem uma resposta definitiva para esta questão?

Bruce Shuler
Plymouth, Michigan, Estados Unidos

Quando o pássaro líder completa uma batida de asas, dois vórtices são produzidos, um em cada ponta de asa. Esses vórtices consistem em um tubo de ar em rotação, cuja parte superior está se movendo para frente, e a inferior, para trás. Se o pássaro que segue o que está à sua frente completar uma batida de asa para trás no topo do vórtice, a mudança causada pelo ar levantado por esta batida é maior do que se este vórtice não existisse. Conseqüentemente, o deslocamento de ar obtido é maior, e o pássaro seguinte fará menos esforço. Para tirar partido desse fenômeno, os dois pássaros seguintes têm que estar atrás das pontas das asas do pássaro líder da formação em V, e os pássaros atrás destes também deverão estar alinhados do mesmo modo.

O que nos leva a uma pergunta óbvia: por que os pássaros não se colocam atrás das asas internas daqueles à sua frente, desenvolvendo uma formação em árvore? A resposta é que, assim, eles ficariam sujeitos aos vórtices assíncronos nas duas asas, tornando o vôo mais difícil.

David Mann
Londres, Reino Unido

Há vórtices no ar acima, atrás e do lado das asas de um avião. O fluxo de ar na região do vórtice suga o avião que vem atrás de um outro e, se ele estiver bem posicionado, irá se beneficiar, ganhando um empuxo adicional que vem da região superior do vórtice.

A mesma coisa acontece com os pássaros, sensíveis às menores variações na velocidade e direção da corrente de ar que os ajuda a voar. Os pássaros voando em grupo tirarão partido do vôo de seus companheiros. Aquele que lidera muda de posição ao se sentir cansado ou quando a formação altera o curso.

Pilotos de competição em planadores usam o mesmo truque. Se você voa atrás e do lado de um planador idêntico ao seu, que está na sua frente, gradualmente vai aumentando a chance de ultrapassá-lo. Se você estiver mais alto do que ele, poderá alcançá-lo convertendo seu potencial de energia extra em velocidade.

Alan Calverd
Bishops Stortford, Hertfordshire, Reino Unido

O vôo numa formação em V é mais eficiente para os pássaros que seguem um líder, se ele criar vórtices com as pontas de suas asas. A NASA tem testado essa idéia em aviões militares. Você encontrará referências a esse assunto em www.nasa.gov/center/dryden/home/index.html.

Douglas Yates
Bournemouth, Dorset, Reino Unido

Aqui, na ilha Black, temos sido abençoados com oportunidades constantes de observar gansos comuns e gansos de bico curto em vôo. Minha conclusão é que eles adotam a formação em V por vários fatores que não têm nada a ver com aerodinâmica ou vórtices das pontas das asas.

A teoria dos vórtices parece basear-se naquilo que é conhecido sobre vórtices gerados pelas asas fixas de um avião. O vôo do bater de asas gera vórtices mais complexos e mais difíceis de se compreender. Uma coisa é certa: se um pássaro ganhasse alguma vantagem dos vórtices daquele que está à sua frente, teria que bater suas asas na mesma velocidade e na mesma proporção, com um entrosamento perfeito de movimento, de forma a obter os mesmos efeitos de cada batida do outro pássaro. De fato, cada pássaro se ajusta a uma cadência confortável própria, independentemente do resto do bando.

Os gansos, estejam em migração ou apenas voando entre suas áreas de repouso e de alimentação, seguem o pássaro líder do vértice do V. Esta formação contrasta com o comportamento dos bandos de estorninhos, em que cada pássaro reage ao movimento do pássaro mais próximo. Naturalmente, o líder determina o curso e a altitude, mas outros pássaros do bando vão criando outros alinhamentos, grasnando, modificando a formação. Algumas vezes um dos pássaros deixará o bando e liderará um novo bando num curso divergente. Em geral eles chegam a um acordo após uma troca de grasnidos, e os bandos voltam a se reunir num só, nem sempre com o mesmo líder. Para que este comportamento funcione, cada pássaro deve seguir o da frente. Portanto, não usam um posicionamento de vôo lado a lado numa mesma linha. Eles costumam assumir uma formação em fila escalonada, um atrás do outro, para chegarem ao seu destino.

Os olhos do ganso, como os de muitas espécies de presas, estão situados do lado da cabeça, propiciando uma visão periférica, porém com um pequeno ponto cego à frente e atrás. Se um ganso seguisse diretamente aquele que voa à sua frente, precisaria virar ligeiramente a cabeça para enxergar bem e teria que recorrer às batidas assimétricas das asas para conseguir manter o curso, reduzindo, assim, sua eficiência aerodinâmica, com desperdício de energia. Teria que voar mais abaixo do que aquele que está à sua frente para evitar a turbulência, o que seria péssimo, pois os gansos defecam em vôo. Para evitar isso, o vôo escalonado torna-se a única solução prática.

Charlie Bateman
Cromarty, Highlands, Reino Unido

As explicações anteriores dos três primeiros autores e a de Charlie Bateman são contraditórias. De fato, há muito tempo os defensores da explicação "aerodinâmica" e da explicação "comportamental" discutem a questão do vôo em V. Mas há boas razões para crer que ambos dizem algo verdadeiro.

Há muitas observações, como as que foram dadas por Bateman, de pássaros coordenando sua rota de vôo seguindo uns aos outros. Uma formação em V permite que todos os pássaros observem uns aos outros, o que torna mais difícil ao predador escolher um único pássaro para o ataque.

Mas há também prova experimental de que os pássaros que voam desta forma gastam menos energia. Relatórios de experiências publicados por P. Lissaman e C. Shollemberg na Science *em 1970 mostraram que os gansos que voam em V chegam a fazer viagens 70% mais longas do que aqueles que fazem vôo solo. Mais recentemente, um grupo de pesquisadores franceses, liderados por Henri Weimerskirch, mediu as batidas de asas e a pulsação de grandes pelicanos brancos voando tanto em formação quanto fora dela (*Nature, *vol. 413, p. 697). Suas experiências engenhosas foram realizadas no Parque Nacional de Djoudj, no Senegal, com pássaros treinados para seguir um ultraleve ou um barco. Os pássaros foram filmados durante o vôo e monitorados por medidores de pulsação colocados em suas costas. Os pesquisadores concluíram que o vôo em formação trazia, realmente, uma vantagem aerodinâmica significativa, responsável, em parte, por ampliar o tempo de vôo em que os gansos têm condições de planar (veja a resposta de Alan Calverd).*

Os pelicanos nem sempre voam a uma distância ideal uns dos outros para aumentar a economia de energia. Para outros pássaros que voam em bandos, não há vantagem nem desvantagem aerodinâmica se essa modalidade for comparada com o vôo solo. Mesmo os gansos freqüentemente voam em formações dispersas e não conseguem tirar o melhor partido da economia de energia.

Juntando todas essas observações, vemos que há mais de uma vantagem no vôo em bando e que a aerodinâmica e os benefícios sociais devem ter se desenvolvido ao mesmo tempo. (N. do E.)

? Curiosidade esquelética

Recentemente, Fluffy, meu porquinho-da-índia, morreu. Nós o enterramos numa caixa de sapato de papelão a 75 centímetros de profundidade na terra. Estou deixando minha mãe maluca perguntando a ela se Fluffy já virou esqueleto. Será que já virou? E, se não, quando é que isto irá acontecer? E se não virar, o que acontecerá com ele?

— **Dimitri**

Fluffy foi enterrado há quatro semanas na área da baía de São Francisco, que tem um clima temperado. Dimitri vive me perguntando: "Será que Fluffy já virou esqueleto?" Gostaria que pudessem me dar informações detalhadas sobre decomposição e quanto tempo esta fase dura, para que possa responder à pergunta. Este tópico pode parecer um tanto tétrico para um menino de 8 anos, mas meu filho é vidrado em ciência.

— **Mamãe**

Dimitri Maxwell (8 anos) e Kathleen Wentworth

Burlingame, Califórnia, Estados Unidos

Prezada mãe de Dimitri,

Obrigado por enviar para a *New Scientist* a interessante pergunta de Dimitri. Meu marido e eu somos biólogos e lecionamos numa universidade. Somos consultores e temos uma fazenda não muito distante da área da baía de São Francisco. Para mim, a pergunta de Dimitri não parece estranha ou macabra. A prática de lecionar tem me mostrado que os garotos do curso primário têm muito interesse nos aspectos da decomposição como uma das facetas da cadeia alimentar.

Caro Dimitri,

É bastante difícil responder, com precisão, à sua pergunta. Meu marido e eu somos biólogos e temos uma fazenda perto de onde você mora. Os fazendeiros que criam gado enterram seus animais quando eles morrem. Nós já desenterramos e preparamos muitas carcaças de animais, ou partes delas, para estudo. E ainda não sabemos exatamente quando um animal começa a se decompor.

Há muitas variáveis e fatores diversos que influenciam no tempo que leva para que a carne, o couro e a pele desapareçam e os restos mortais se tornem ossos. Meu palpite é que Fluffy não irá se tornar "só ossos" senão daqui a uns seis meses e, como ele foi enterrado bem fundo numa caixa, eu calculo que todo o processo irá demorar um ano ou mais.

Esta informação se baseia no que acontece a roedores e ratos do tamanho de Fluffy quando os enterramos aqui, e já fizemos isso muitas vezes na vida. Seus corpos serão trabalhados por muitos organismos cujo objetivo é entregar de volta à terra os tecidos animais e vegetais. Eles são de várias espécies e tamanhos e, em grupo, são conhecidos como decompositores. A seguir, mostro detalhes de suas características.

As bactérias e os fungos que vivem no solo e dentro do corpo trabalharão nas partes moles do animal, fazendo retornar à terra os elementos que irão alimentar as plantas e os organismos do solo. Há três variáveis evidentes nesta parte do ciclo.

A primeira é que alguns solos têm mais bactérias do que outros. A segunda, é que muitos desses microrganismos precisam de oxigênio. Quanto mais fundo na terra, menos oxigênio há no solo e, pelo que entendi, Fluffy foi enterrado bem fundo.

Finalmente, muitos dos organismos decompositores gostam do solo morno e úmido. O solo aí em sua casa, provavelmente a 75 centímetros de profundidade, deve ter mais ou menos 13ºC, ou talvez seja um pouco mais fresco. Se o corpo de Fluffy estiver no seu jardim, deve ser bem úmido, mas se estiver em um solo mais seco, o trabalho dos decompositores será mais vagaroso, pois sei que nossa região não tem recebido água da chuva suficiente para encharcar o solo abaixo de 5 ou 10 centímetros neste verão.

Se eu enterrar um roedor nesta área no verão, mais raso do que Fluffy e fora da caixa, ele ainda não terá virado um esqueleto se eu o desenterrar, acidentalmente, durante a jardinagem que faço em fevereiro, mesmo que todos os fatores que listei estejam no ponto máximo. É por pensar assim que eu estimo que sejam necessários outros seis meses antes que a decomposição ocorra totalmente.

Alguns invertebrados maiores que vivem no solo devem ajudar a desintegrar a caixa e também a trabalhar no corpo do porquinho-da-índia. Alguns comem carne e muitos, como os besouros do tipo *dermestide*, são especializados em peles e pêlos. Museus de vertebrados, que preparam esqueletos de espécimes para estudo, têm colônias desses besouros para a limpeza final dos ossos. Eles também são freqüentemente encontrados em fazendas de gado como a nossa e em bosques, onde ajudam a limpar as perdas da natureza.

Existem também invertebrados que se alimentam de carne e vivem no solo, como as formigas, os vermes e os besouros. Eles vivem mais nas camadas superiores, mas também se encontram nas inferiores; alguns têm condições de ir mais abaixo, até onde Fluffy está enterrado.

Há ainda outros aspectos. No final, até os ossos se desintegrarão, alimentando as plantas e o solo, embora os dentes de Fluffy vanham a demorar mais tempo — o esmalte dos dentes é um material muito durável.

Os organismos do solo tiram os ossos do lugar enquanto trabalham neles. Se você o desenterrar, penso que não irá encontrar o esqueleto perfeito de Fluffy no mesmo lugar, a não ser que tenha tido a sorte de a caixa ainda guardar todos os ossos. Há um centro, na costa leste dos Estados Unidos, totalmente dedicado ao estudo da decomposição das carcaças dos animais e dos humanos. O antropólogo forense Douglas Ubelaker descreve o processo da decomposição em seu livro *Bones* [Ossos]. Parece que mesmo os cientistas que se especializam em ossos velhos continuam sem saber tudo sobre todo o processo, como gostariam.

Molly.
Northern California, Estados Unidos

O tempo que um animal como Fluffy, ou mesmo um ser humano, leva para se decompor e se tornar um esqueleto é bastante variável e depende de muitos fatores.

Estes fatores incluem a estação do ano, a temperatura ambiente e a quantidade de chuvas, a profundidade em que foi enterrado, os insetos que conseguiram chegar ao corpo, o pH do solo, se o corpo foi embalsamado ou não e muito mais.

O tamanho do corpo também é importante na determinação da velocidade da decomposição. Além disso, se um corpo estiver dentro de um caixão ou enrolado em sacos plásticos ou tapete, por exemplo, ele demorará mais tempo para se decompor por estar protegido. No caso de Fluffy, numa cova de cerca de 75 centímetros de profundidade, o fato de ele ter sido colocado numa caixa de sapato de papelão retardará o processo de decomposição. É provável que Fluffy ainda não tenha se tornado apenas ossos.

Leslie Eisenberg
Antropóloga Forense Juramentada
The State Historical Society of Wisconsin, Madison, Wisconsin, Estados Unidos

Cura natural

Por que as folhas de labaça são tão eficientes no alívio da irritação causada pela urtiga? Serão eficientes, também, em irritações causadas por outra planta ou por picadas de inseto?

Tim Crow
Highnam, Gloucestershire, Reino Unido

A irritação causada pela urtiga é dolorosa porque os espinhos da folha contêm um ácido. Esfregar o local irritado com a folha da labaça alivia a dor por causa de um álcali que ela contém que neutraliza o ácido e reduz a dor. A picada das abelhas e das formigas também contém um ácido que a folha da labaça alivia, mas outros álcalis, como sabão ou bicarbonato de sódio, são mais eficientes.

Por outro lado, a folha da labaça é inteiramente inútil para aliviar uma picada de vespa que contenha um álcali. O que é uma pena, pois as vespas são criaturas terríveis, cujo único objetivo na vida é arruinar piqueniques ou churrascos. Se você quiser neutralizar uma picada de vespa, deve usar um ácido como o vinagre. O único problema é que você irá cheirar a picles o resto do dia.

Peter Robinson
Liverpool, Reino Unido

Alimento picante

Numa conversa recente sobre cadeia alimentar, um colega perguntou quem seria o predador das vespas. Alguém sugeriu "algum pássaro estúpido". Será que alguém saberia dizer algo mais sobre isto?

Tom Eastwood
Londres, Reino Unido

A terrível vespa certamente tem seu lugar na cadeia alimentar. Com certeza a pergunta deveria ser: "Quem é que não se alimenta, de uma maneira ou outra, deste inseto terrível e potencialmente perigoso?"

Aqui estão alguns que fazem isso. Em primeiro lugar, os invertebrados: muitas espécies de libélulas (Odonata); mutucas e marimbondos (Diptera); vespas (Hymenoptera), geralmente as maiores se alimentando das menores, como as vespas brancas (*Vespula maculata*), que se alimentam da *V. utahensis*; besouros (Coleoptera) e mariposas (Lepidoptera).

A seguir, os vertebrados que delas se alimentam: várias espécies de pássaros, gambás, ursos, texugos, morcegos, doninhas, carcajus, ratos, camundongos e, por fim, mas não menos importante, humanos e, provavelmente, alguns de nossos antepassados mais próximos.

Eu mesmo comi larvas de muitas espécies de vespas fritas na manteiga e achei-as bem saborosas.

Orvis Tilby
Salem, Oregon, Estados Unidos

A lista de pássaros europeus, *Birds of the Western Paleartic* [Pássaros do paleártico ocidental], enumera 133 espécies que se alimentam de vespas, mesmo que só de vez em quando. Esta lista inclui algumas espécies inusitadas, como as felosas musicais, os papa-moscas pretos e os andorinhões reais. Porém, dois grupos de pássaros são bem conhecidos por sua avidez por vespas: os abelheiros (Meropidae) devoram vespas rotineiramente e retiram seus ferrões batendo com elas, vigorosamente, em um galho ou um fio, e os falcões-abelheiros, que atacam as colméias à procura de alimento. Eles buscam principalmente as larvas de abelhas, mas no Reino Unido sua dieta é composta, na maior parte, de larvas de vespas.

Simon Wooley
Winchester, Hampshire, Reino Unido

Tirei uma fotografia em meu jardim de um grande inseto sugando, com sua tromba, os líquidos internos de uma vespa.

Tim Hart
La Gomera, Ilhas Canárias, Espanha

Em julho de 1971, eu estava mergulhando perto da ilha Catalina, na Califórnia. Voltei para o rochedo pelo lado leste da ilha durante o pôr-do-sol. Numa fenda da base do rochedo, vi um caranguejo segurando uma vespa que ainda se mexia.

Tirei uma fotografia que mostrava a garra direita segurando parte da vespa enquanto a garra esquerda levava o abdome da vespa para a boca do caranguejo.

O caranguejo não mostrou qualquer sinal de desagrado com sua refeição.

Garry Tee
Auckland, Nova Zelândia

Os texugos escavam os ninhos de vespas e comem as larvas e o alimento que elas guardam. No verão de 2003, vi um ninho subterrâneo sendo demolido por eles.

Tony Jean
Cheltenham, Gloucestershire, Reino Unido

Certa vez fiquei observando no lago de minha casa uma vespa que andava sobre a folha de um lírio-d'água até vê-la parar para beber água. De repente, notei que havia certa agitação no ambiente. Foi quando uma rã saiu de seu esconderijo e engoliu a vespa.

A rã não pareceu sofrer qualquer efeito nocivo. Peguei outra vespa, joguei a pobre criatura no lago e esperei. A rã se aproximava devagar quando houve uma nova agitação na água. Desta vez veio um peixe dourado e engoliu a vespa. O peixe também não mostrou qualquer incômodo.

Minha curiosidade sobre o peixe aumentou e eu quis saber se ele comeria mais vespas. Continuei por mais uma hora a caçar as pobres vespas e a lançá-las no lago. Algumas conseguiram fugir, algumas foram comidas pelo peixe e outras pelas rãs.

John Croft
Nottingham, Reino Unido

Chegando em casa tarde da noite, ouvi o zunido persistente de uma vespa na janela da cozinha. Ela parecia lutar, inutilmente, dentro do vidro, sem condições de escapar. Uma pequena aranha vermelha, vinte vezes menor do que a vespa, estava grudada na parte de baixo de seu abdome e esta não podia contra-atacar.

A manhã seguinte revelou o exoesqueleto vazio e transparente da vespa.

John Walter Haworth
Exeter, Devon, Reino Unido

Ciência doméstica

Brutus contra-ataca

Meu livro italiano de receitas diz que devo cortar espinafre cozido com uma faca de aço inoxidável para evitar descoloração. O que está ameaçado de perder a cor se eu não fizer isto: a faca ou o espinafre? E qual a reação química que ocorre?

Hans Hamich
Hull, East Yorkshire, Reino Unido

A razão pela qual você precisa sempre de uma faca de aço inoxidável para cortar espinafre é curiosa, além de ser um imenso obstáculo ao enriquecimento da comida com ferro. Lembre-se de que a falta de ferro é uma das maiores deficiências alimentares do mundo.

Tanto a faca quanto o espinafre perderão a cor devido à reação entre os polifenóis do espinafre em contato com o ferro da lâmina. Se você quiser ver uma ilustração drástica deste fenômeno, prepare uma xícara de chá e coloque nela cristais de algum sal de ferro solúvel, como o sulfato de ferro (mas não beba a mistura).

A descoloração acontecerá em conseqüência da reação entre os polifenóis do chá, chamados taninos, e o ferro. O composto preto resultante é muito difícil de ser dissolvido. Os problemas para a absorção de ferro pelo organismo são enormes. Sob esta forma, o ferro é praticamente incapaz de ser absorvido. Assim, qualquer que seja a fonte do vigor e da energia do espinafre de Popeye, ela não está no ferro.

Os polifenóis são encontrados em muitos vegetais e, junto com os fitatos, são responsáveis pela deficiência de ferro em pessoas que fazem dietas vegetarianas. Fortificar essas dietas com sais de ferro cria dois problemas. Primeiro, porque o ferro não é absorvido, e, depois, porque a coloração dos polifenóis de ferro prejudica a boa aparência do alimento.

Patrick MacPhail
Departamento de Medicina
Universidade de Witwatersrand
Joanesburgo, África do Sul

? Onda da cerveja

De vez em quando, acrescento soda limonada ou cerveja de gengibre a um copo de cerveja para fazer shandy. *Se a cerveja for colocada em primeiro lugar e a soda limonada ou a cerveja de gengibre depois, o conteúdo ficará efervescente e transbordará. Se colocar o refrigerante primeiro e completar com a cerveja, não ocorre efervescência. Por quê?*

Bryan Harris
Nairóbi, Quênia

Se você colocar os líquidos em copos separados, vai observar que apenas a cerveja forma um colarinho branco. Ela contém surfactantes, proteínas e outras moléculas de cadeias longas que auxiliam as camadas dos líquidos a formar e estabilizar as bolhas. As bolhas da limonada, por outro lado, explodem muito mais depressa, sem dar tempo de formar um colarinho.

A limonada que é derramada sobre a cerveja afunda de modo turbulento, estimulando a formação vigorosa de bolhas. A cerveja que chega ao topo do copo pouco se mistura ao líquido do fundo e, assim, as bolhas a atravessam e chegam rapidamente à superfície, sob a forma de espuma. A cerveja derramada na limonada também chega rapidamente ao fundo, mas neste caso as bolhas que sobem à superfície são da limonada e explodem logo. Nesse momento, a cerveja capaz de formar um colarinho já chegou à borda do copo, mas o gás efervescente acabou e, portanto, não há espuma branca.

Outra causa possível para a fraca espuma do *shandy* é que as camadas dos líquidos são incrivelmente sensíveis a tensões desiguais em suas superfícies. Mexa dois tipos diferentes de quaisquer líquidos espumantes, e as bolhas resultantes começarão a explodir muito mais depressa. Como um experimento, coloque cerveja num copo provocando um bom colarinho branco. Em seguida, adicione algumas gotas de limonada ou detergente, gim, grãos de sal, sumo da casca de alguma fruta cítrica etc. Veja qual deles é capaz de causar a maior erosão na espuma.

Jon Richfield
Somerset West, África do Sul

? Vapor mágico

Quando o vapor se condensa no espelho do banheiro, é possível desenhar em sua superfície. Quando se evapora, os desenhos desaparecem. Mas quando volta a ficar embaçado, os desenhos reaparecem. Por quê?

Glyn Williams
Derby, Reino Unido

Quando o vapor d'água se condensa sobre um espelho seco sob a forma de gotículas, ocorre um processo chamado "condensação em gotículas". As inúmeras gotinhas cobrem toda a superfície do espelho, deixando-o opaco.

Se você faz um desenho com o dedo sobre sua superfície, a parte espelhada aparece e volta a refletir, pois as gotas ficam aglutinadas numa camada de gordura fina e transparente por onde seu dedo passou. Quando o espelho volta a esquentar ou a umidade do ar diminui, as gotículas evaporam. A imagem desaparece porque as gotículas em sua volta não estabelecem mais contraste entre o fosco e o brilhante.

A camada condensada na área por onde o dedo passou é menor e se evapora mais lentamente do que as gotículas que estão cobrindo todo o espelho. Se houver uma nova condensação de vapor em seguida, sem tempo para uma evaporação completa, ela cobrirá as gotículas existentes no lugar onde estavam. Da mesma forma, deixará a camada de água onde estava antes. Este último processo é conhecido por "condensação em camada". E, assim, a imagem reaparece no espelho.

Se o espelho secar completamente, o desenho não deverá reaparecer, mesmo que haja nova condensação, a não ser que a superfície onde foi feito o desenho esteja engordurada. Ao desenhar com o dedo no espelho, resíduos de suor, devido à sua composição salina, são passados para a sua superfície e irão propiciar uma nova condensação em camada. A condensação em gotículas é reconhecida pelos engenheiros químicos como muito mais eficiente para transmitir calor do que a condensação em camada, embora na prática isso seja difícil de acontecer plenamente. As gotículas aumentam, tocam-se e aglutinam-se e, assim, o processo tende a se tornar condensação em camada. Por outro lado, a condensação em gotículas é fácil de ser evitada.

Ao se esfregar a superfície do espelho com um pano umedecido com detergente ou xampu, cria-se uma camada protetora invisível. Com isso, reduz-se a tensão superficial das gotículas condensadas de água, fazendo com que elas se achatem e rapidamente se aglutinem dentro da camada protetora. Este é o efeito dos líquidos antiembaçante usados em óculos e pára-brisas de automóveis.

Tony Finn
Hull, East Yorkshire, Reino Unido

Quando você desenha uma figura no vapor condensado, deixa resíduos de gordura de seus dedos (ou, se acabou de lavar as mãos, resíduos de gordura com sabonete ou xampu). A camada gordurosa é transparente e se torna invisível quando a condensação se desfaz. A próxima vez que o vapor d'água se condensar no espelho frio, haverá uma diferença no tamanho das gotículas no espelho limpo e na parte engordurada por seus dedos.

Em alguns casos, é o vidro contaminado pela gordura que propicia a formação de gotículas, e você vê a imagem em positivo, e não em negativo. Mas quase sempre os surfactantes como os sabonetes reduzem a formação de gotículas e criam uma camada de água mais suave e transparente, contrastando com o cinza do vidro embaçado ao redor.

Hugh Wolfson
Altrincham, Cheshire, Reino Unido

? Claras às claras

Durante anos, toda vez que minha família vinha me visitar, eu fazia merengues e batia muito bem as claras em neve até que ficassem espessas. Sempre usei ovos de granja comuns, mas recentemente comprei ovos de granja orgânicos e, não importa por quanto tempo sejam batidas, as claras em neve não engrossam. Por que isto só acontece com os ovos orgânicos? Estará faltando alguma coisa na dieta orgânica das galinhas que impede que suas claras batidas virem suspiro?

Vera Gaylor
Billericay, Essex, Reino Unido

Sua correspondente deve ter se apressado demais a chegar a uma conclusão. Eu sempre bati as claras dos ovos de granja orgânicos em neve sem qualquer problema e, levando em conta que na história da culinária todos os ovos se comportaram da maneira descrita pelo menos uma vez na vida, parece pouco provável que o problema esteja no ovo.

J. Oldaker
Nuneaton, Warwickshire, Reino Unido

Um bom merengue grosso precisa de uma interconexão complexa de moléculas de proteínas adequadamente deformadas. Qualquer coisa que interfira na interconexão das moléculas deixa as claras com a aparência de neve derretida. O óleo é o principal culpado. Use utensílios limpos e secos, sem resíduos de detergente. Antes de as claras formarem uma espuma grossa, uma gota mínima de óleo de cozinha, creme ou gema que caia sobre elas irá arruinar o merengue.

Jon Richfield
Somerset West, África do Sul

Os ovos das galinhas de nossa casa, embora não sejam oficialmente orgânicos, são o mais próximo disso que conseguimos e dão ótimos merengues. Penso que o problema esteja na data em que os ovos foram recolhidos. Claras de ovos batidas com menos de cinco ou seis dias depois de colhidos os ovos não crescerão. Ovos de supermercado chegam a ter até duas semanas de "idade", mas os orgânicos provavelmente são muito frescos.

O cerne da questão é o seguinte: o que muda nos ovos, à medida que o tempo passa, que permite que eles dêem ótimos merengues?

Phil Baker
Uxbridge, Middlesex, Reino Unido

Os ovos talvez estivessem frescos demais. Penso que as moléculas de proteína se formam à medida que o ovo se desenvolve, permitindo que a albumina aprisione bolhas de ar quando a clara é batida.

Lorna English
Por e-mail, endereço não fornecido

? Ecologicamente limpo

Sempre usei papel higiênico azul porque combina com a decoração de meu banheiro. Certa ocasião, um amigo me disse que eu só deveria usar papel higiênico branco, pois o papel colorido é mais prejudicial ao meio ambiente. O supermercado onde faço minhas compras oferece uma ampla variedade de desenhos e cores. É verdade que algumas dessas variedades causam mais danos ao meio ambiente do que outras? E, se é assim, qual a razão? O papel toalha é mais prejudicial do que o papel higiênico?

John Shaw
Driffield, East Yorkshire, Reino Unido

Se o que o seu amigo está dizendo é que os pigmentos são ecologicamente nocivos, não ligue. Grupos quimicamente ativos nas moléculas dos pigmentos se fixam à celulose, fazendo com que não desbotem e permaneçam decorando o papel. Os pigmentos são como ratoeiras que pegaram um rato: o rato que foi pego torna-se inofensivo. E, assim como é difícil armar a ratoeira outra vez, também é difícil fazer com que os pigmentos saiam do papel.

Os pigmentos são caros, e o papel higiênico usa apenas uma pequena quantidade deles. Desta forma, mesmo o fabricante mais descuidado com o meio ambiente irá preferir pigmentos seguros, de fácil manuseio e que precisem ser usados com parcimônia, em poucas partes por milhão. Quando o papel chega ao esgoto, as moléculas imobilizadas são devoradas por bactérias e, desta forma, não se acumulam no meio ambiente.

Se você tem dúvida, compre um monte de papel higiênico, dobre-o em quadrados, cada um de uma cor, enterre no solo úmido de seu jardim e, depois de um ou dois meses, desenterre e observe o resultado. Num solo adequado, será difícil encontrar algum vestígio do seu teste depois do trabalho feito pelas minhocas.

O mesmo se aplica ao papel toalha, mas, devido à sua resistência, quando molhado, ele tende a se decompor de forma mais lenta. É provável que dê mais tempo de vida às bactérias do que faça qualquer mal ao meio ambiente.

De qualquer modo, o que dizer dos branqueadores necessários para produzir papel higiênico branco? Se você deseja realmente ser politicamente correto, use papel reciclável.

Jon Richfield
Somerset West, África do Sul

A madeira é castanha. O papel não-clareado também é castanho. O papel branco aumenta o contraste entre o texto e o fundo para facilitar a leitura, e é por isso que as pessoas o preferem. Para tornar o papel branco, é preciso clareá-lo com cloro, que tem o risco de formar dioxinas cancerígenas. A indústria do papel procurou diminuir de forma substancial a quantidade de dioxina gerada como subproduto de sua atividade e já há tentativas de eliminá-la inteiramente, substituindo-a por clareadores de peróxido de hidrogênio e ozônio, um pouco mais caros.

Por coincidência, o papel que se considera branco é, na verdade, ligeiramente azul. Muitos papéis contêm agentes branqueadores fluorescentes, que reemitem a luz ultra-violeta como luz azul, somada a um pouco de pigmento azul. Você já deve ter visto tecidos e papéis contendo agentes branqueadores fluorescentes fulgurando sob “luz negra”.

Brady Hauth
Salt Lake City, Utah, Estados Unidos

Charada em conserva

Adoro conservas e chutneys. *Por causa desta preferência, gostaria de saber quais as propriedades nutricionais dos legumes em conserva e quais as que se perdem nesse processo.*

Aidan Hancock
Londres, Reino Unido

As conservas e *chutneys* foram criados como um meio de preservar frutas e legumes pela combinação de processamento com calor para eliminação de bactérias, fungos e levedura, com a adição de açúcar, ácido (sob a forma de vinagre) e sal, que agem como conservantes.

Em alguns casos, a fruta crua ou o legume são fermentados durante semanas ou meses em salmoura contendo lactobacilos, os quais produzem o ácido láctico, que é um conservante natural. A manga e o repolho são preservados desta maneira, realçando a textura e o aroma da fruta ou do legume.

As vitaminas, os minerais e os nutrientes se perdem quando as plantas cozidas ou fermentadas são lavadas durante o processamento. As vitaminas instáveis começam a se fracionar logo após a colheita, processo que é acelerado com o cozimento a altas temperaturas e sob o pH ácido destes produtos.

Algumas conservas e *chutneys*, em vez de serem preparados num molho adocicado, são feitos em óleo, onde há menor perda de vitaminas, pois o cozimento é menos intenso. Se tomarmos a manga como exemplo, cada 100 gramas da fruta crua contêm cerca de 40 miligramas de vitamina C. No *chutney* de manga feito no óleo, há apenas 1 miligrama de vitamina C, enquanto no *chutney* doce a vitamina C é quase imperceptível.

Mark Wareing
Sedbergh, Cumbria, Reino Unido

Muitas conservas são levemente cozidas ou apenas postas de molho, em repouso, ou fermentadas. Mas os *chutneys* são diferentes do ponto de vista nutricional, pois são cozidos quase tanto quanto as geléias. Ambos são produtos desenvolvidos antes do advento da tecnologia de refrigeração e das geladeiras. Seu preparo e estocagem acarretam a perda de nutrientes de quatro maneiras distintas: por lixívia, calor, oxidação e degradação. As perdas principais são as dos nutrientes solúveis ou instáveis, tais como as vitaminas, os antioxidantes e os minerais.

O líquido das conservas quase não causa degradação. A ação de lixívia no processo depende de como a conserva foi cozida e armazenada dentro do líquido. Por exemplo, pedaços grandes, que têm uma área maior, são menos lixiviados do que pedaços ralados. O uso do líquido das conservas em sopas ou vegetais cozidos é uma maneira gostosa de realçar o paladar e reduzir as perdas. Nutrientes a granel, tais como o amido e as proteínas, não são muito afetados pelo processamento da conserva, que, na verdade, os torna mais fáceis de serem digeridos.

Pela maneira moderna de fazer conservas, os conservantes suaves evitam a deterioração dos alimentos. Os fabricantes sugerem que as embalagens, uma vez abertas, devem ser mantidas no refrigerador para durarem mais tempo sem estragar. A escuridão também protege as vitaminas sensíveis à luz, como a A e a C. Para evitar a oxidação, os frascos de conserva devem ser bem fechados e usados logo após serem abertos.

As conservas têm uma história nutricional notável. Tanto quanto lutar contra a desnutrição, o chucrute e seus similares evitaram muitos casos de escorbuto durante os invernos setentrionais.

Antony David
Cork, Irlanda

Nhoques flutuantes

Sempre que preparo nhoques, noto que eles se comportam de modo estranho. Quando os coloco congelados em água fervendo com sal, eles vão imediatamente para o fundo. Porém, se o ingrediente principal dos nhoques congelados é água congelada, cuja densidade é de cerca de 0,92 quilogramas por litro, e a densidade da água fervente é de 0,97 quilogramas por litro, os nhoques não deveriam flutuar até que o gelo derretesse para só então afundar? Mas, em vez disso, eles sobem à superfície depois de dois minutos e, já cozidos, ficam todos flutuando, quando deveriam estar mais pesados do que a água. O que acontece, afinal?

Radko Istenic
Ljubljana, Eslovênia

Quando os nhoques congelados são colocados na água quente, a densidade combinada de todos os seus ingredientes é maior do que a densidade da água fervente e, por isso, eles afundam. À medida que o nhoque esquenta, ele sobe. É quase a mesma coisa que acontece com uma bóia quando ela é inflada estando no fundo de uma piscina. O ar aprisionado na massa se expande e a densidade combinada dos ingredientes se torna menor do que a densidade da água fervente, fazendo o nhoque subir.

Martin Garrod
Portsmouth, Reino Unido

Faço nhoques há muito tempo e decidi tentar algumas experiências com os nhoques congelados que tenho em casa.

Primeiro, meus nhoques congelados tinham a densidade de 1,1 grama por milímetro e afundaram normalmente em água fervente. Quando voltaram à superfície, bem cozidos, eu os escorri, enxuguei com um pano e fiz a mesma medição novamente. O resultado desse estágio deve ser avaliado com uma pitada de sal. Houve um aumento de 14% no volume e 8% no peso, e a densidade foi reduzida em 5,5%. Curiosamente, quando os coloquei em água fria para medir o volume, meus nhoques cozidos afundaram.

Os nhoques afundam por serem mais densos do que a água. A massa de nhoques bem-feita tem pequenas bolhas de ar que se expandem quando colocadas em água fervente e, por isso, eles vêm à superfície. Meus nhoques cozidos afundaram na água fria porque o ar aprisionado em seu interior contraiu-se ligeiramente.

Maria Fremlin
Colchester, Reino Unido

Mais cor do que sabor

Por que a cúrcuma mancha tudo de um amarelo indelével, inclusive superfícies que parecem imunes a outras substâncias? Outros temperos em pó, como a canela, a páprica e o chile, não deixam as mesmas marcas. E qual a melhor maneira de remover as manchas de cúrcuma?

Hefin Loxton
Huddersfield, West Yorkshire, Reino Unido

Cúrcuma, a raiz triturada da *Curcuma longa*, e a páprica, que é obtida de pimentas doces, *Capsicum annuum*, são temperos usados na culinária para dar mais cor do que sabor aos alimentos.

A cor amarela da cúrcuma resulta do curcumim contido em cerca de 5% do pó seco. O pigmento vermelho da páprica é uma mistura de carotenóides, principalmente o capsantina e o capsorubina e, na páprica seca, responde por um máximo de 0,5% de seu peso.

Os carotenóides vermelhos que possuem moléculas de cadeias longas são solúveis em solventes orgânicos, como o álcool de petróleo. A cúrcuma possui moléculas menores, com grupos limitados de fenis. Não é solúvel na água, mas se dilui em solventes como o metanol. Desta forma, a páprica e a cúrcuma irão manchar pinturas e plásticos, pois são solúveis em solventes orgânicos. Observe como elas migram para a parte oleosa da comida que está sendo cozinhada.

Para comparar suas propriedades corantes, coloque uma boa pitada de cúrcuma em um conjunto de dois vidros de tempero pequenos e faça o mesmo com a páprica. Adicione uma colher de sobremesa de álcool metílico a um dos conjuntos e adicione a mesma quantidade de aguarrás ao outro conjunto (você deve repetir a experiência com canela e chile). Misturando bem, você fará com que uma coloração amarelo-vivo apareça instantaneamente no álcool metílico com o pó de cúrcuma e na aguarrás vermelha com o pó de páprica. Se você colocar uma gota do extrato de cada um dos quatro vidros sobre um prato branco, verá que o extrato da cúrcuma e o álcool metílico têm uma cor muito mais forte do que o extrato de páprica e aguarrás. A mesma experiência pode ser feita com acetona (ou removedor de esmalte de unhas).

A principal razão pela qual a cúrcuma mancha mais do que outros temperos é que ela tem mais pigmento. Outras razões vão refletir a diferença de propriedades físicas da cúrcuma e dos carotenóides vermelhos, assim como a maneira por meio da qual os pigmentos reagem quimicamente com materiais sólidos, como demonstramos em nossa experiência de solubilidade. Gotas do extrato podem ser colocadas sobre várias superfícies para testar seu poder de manchar, mas tenha cuidado.

A cúrcuma é estável quando aquecida, mas perde a estabilidade quando exposta à luz. Assim, para remover uma mancha de cúrcuma, limpe-a primeiro com álcool metílico e, em seguida, coloque o objeto sob a luz do sol.

Michael Elphick
Nottingham, Reino Unido

Borracha, o que você acha?

Por que os elásticos derretem espontaneamente? Com freqüência acho um na minha mesa que, depois de velho, torna-se pegajoso. E depois de alguns meses, ele acaba se solidificando e ficando quebradiço. Por quê?

Stuart Arnold
Munique, Alemanha

A borracha natural é feita de cadeias de poliisopreno, que deslizam umas sobre as outras quando o material é esticado. Quando pura, a substância é muito pegajosa e mole, e seu manuseio é difícil. Precisa ser enrijecida com o acréscimo de elementos químicos como o enxofre, que estimula a junção entre as cadeias, tornando a borracha mais dura e menos pegajosa. Este processo é chamado de vulcanização.

Com o tempo, a luz ultravioleta e o oxigênio do ar reagem com a borracha, criando radicais que fracionam as cadeias de poliisopreno em segmentos menores, o que faz com que a borracha retome seu estado original — mole e pegajosa. Enquanto isso, estes radicais costumam formar novas conexões, menores, entre as cadeias. Isto endurece a borracha e, algumas vezes, a torna quebradiça, o que também pode ser resultado de algum resíduo do agente de vulcanização.

Se um elástico se torna pegajoso ou endurece, isto depende do nível relativo desses processos, e estes níveis, por sua vez, dependem da qualidade da borracha, ou seja, dos aditivos, carga e pigmentos que ela contém e da maneira como foi guardada. O calor e a luz aceleram a reação (por exemplo, um aumento de 10ºC na temperatura praticamente irá dobrar o nível de reação), e a presença de oxidantes fortes, como o ozônio, cria sempre mais radicais. O destino final de seu elástico depende da temperatura da sala e da posição de sua escrivaninha, se está perto da janela ou de uma máquina de fotocópias que cria ozônio.

Que quantidade de luz e calor é necessária para provocar tais mudanças? O polímero químico da borracha é relativamente desorganizado, e, por isso, é difícil responder com precisão a esta pergunta. Obviamente as reações químicas acontecerão mais lentamente se o elástico estiver numa geladeira e mais rapidamente se ele estiver sobre uma escrivaninha exposta à luz do sol. De um modo geral, o nível da reação dobra a cada aumento de 10ºC na temperatura e se complica quando levamos em consideração o oxigênio e a luz. A qualidade da borracha também é importante, na medida em que ela contenha aditivos, carga ou corantes que absorvam a energia da luz ou auxiliem na transferência dos radicais. Os fatores finais que influenciam a mudança são: a concentração do ozônio, a intensidade da luz ultravioleta e o fato de o elástico estar esticado ou não, pois a tensão faz com que as cadeias se aproximem, permitindo que os radicais pulem de uma cadeia para outra mais facilmente e criem novas associações entre elas. (N. do E.)

Química cítrica

Por que o suco de limão impede que as maçãs e peras cortadas fiquem escurecidas?

Brian Dobson
Alton, Hampshire, Reino Unido

Para responder a esta pergunta, temos primeiro de entender por que alguns tecidos das plantas escurecem quando cortados. As células das plantas têm vários compartimentos, entre eles os vacúolos e os plastídeos, que se separam uns dos outros por membranas. Os vacúolos contêm compostos fenólicos, que algumas vezes são coloridos, mas quase sempre não têm cor, enquanto outros compartimentos da célula guardam enzimas chamadas oxidases fenólicas.

Numa célula vegetal íntegra, as membranas separam os fenólicos das oxidases. Porém, quando a célula é danificada — como quando se corta uma maçã, por exemplo —, os fenólicos às vezes vazam dos vacúolos pela membrana perfurada e entram em contato com as oxidases. Na presença do oxigênio do ar circundante, essas enzimas oxidam os fenólicos, o que dá origem a produtos que auxiliam a proteção da planta, favorecendo a cicatrização da lesão, mas tornando-a amarronzada.

A reação de escurecimento é interrompida por dois agentes, ambos presentes no suco de limão. O primeiro é a vitamina C, um antioxidante biológico que oxida em produtos sem cor, em vez dos fenólicos da maçã. O segundo agente são os ácidos orgânicos, especialmente o ácido cítrico, que faz com que o nível do pH fique mais baixo do que os níveis ótimos da oxidação, diminuindo assim a velocidade do escurecimento.

O suco de limão tem cinqüenta vezes mais vitamina C do que as maçãs e as peras. Além disso, com um pH menor do que 2, é muito mais ácido do que o suco de uma maçã. Desta forma, o suco de limão irá impedir o escurecimento imediatamente.

Existe uma maneira de evitar que as maçãs cortadas escureçam, mesmo sem suco de limão: colocando-as numa atmosfera de nitrogênio ou dióxido de carbono, sem o oxigênio para ocasionar a oxidase.

Um vegetal excelente para observarmos o fenômeno do escurecimento é o aipo. É possível cortar uma fatia grande e relativamente uniforme do tecido desta raiz e colocar vários pequenos discos de filtro de papel sobre a superfície do corte, cada um deles embebido em soluções diferentes de suco de limão, suco de maçã, vitamina C, outros antioxidantes, ácido cítrico e outros tipos de ácidos. O disco embebido no agente que bloqueie a ação da oxidase apresentará um círculo branco sobre uma superfície marrom.

Stephen C. Fry
Instituto de Biologia Celular e Molecular
Universidade de Edimburgo, Reino Unido

A oxidase polifenólica foi descoberta nos cogumelos em 1856, por Christian Schoenbein. É difundida na natureza e encontrada nos seres humanos e em muitos animais e plantas. Nas plantas sua função é protegê-las contra insetos e microrganismos quando a pele da fruta está danificada. A superfície marrom formada não é atrativa para os insetos e outros animais, e os compostos formados no processo de escurecimento têm um efeito bactericida.

Em alguns alimentos derivados de plantas, esse efeito de escurecimento é desejável. No chá, por exemplo, no café ou no chocolate, ele produz o sabor característico. Em outras plantas ou frutas, como o abacate, as maçãs e as peras, o escurecimento traz um problema econômico para os produtores, pois a fruta escurecida não é aceita pelos consumidores e não tem bom paladar.

Angeles Hernández Y Hernández
Laboratório de Cristalografia
Instituto Andaluz de Ciências da Terra, Granada, Espanha

Preto no branco

Quando eu compro uma cerveja Guinness, não tenho dúvida de que o líquido é preto, embora a espuma que se forma no topo, que é da mesma substância, seja branca. O mesmo acontece com muitos outros tipos de cervejas. Por quê?

Stewart Brown
Bristol, Reino Unido

No interesse da ciência, coloquei uma Guinness em meu copo e esperei até que a espuma subisse e formasse um colarinho cremoso. Coloquei um pouco dela num pires e a examinei num microscópio de baixa potência. Diferentemente da espuma de sabonete, que tem muitas bolhas semi-aglutinadas, a espuma da Guinness é formada principalmente por bolhas esféricas com tamanho uniforme, de cerca de 0,1 a 0,2 milímetro de diâmetro, suspensas no próprio líquido.

Perto da borda da gota de espuma, foi possível encontrar exemplares isolados de bolhas e, vendo objetos atrás delas, pude constatar que elas atuavam como minúsculas lentes divergentes. Assim como uma bola de gude esférica possui alto índice refrativo, as bolhas esféricas na cerveja desviam a luz porque o ar que elas contêm possui um índice refrativo mais baixo do que o fluido circundante.

Como resultado, a luz que entra na superfície da espuma é rapidamente dispersa em direções diferentes pelo múltiplo encontro das bolhas. Os reflexos das superfícies das bolhas também contribuem para esta dispersão. Um pouco da luz volta à superfície e, como todos os comprimentos de onda são afetados da mesma maneira, vemos a espuma como se fosse branca. A dispersão da espuma é análoga à dispersão das gotas d'água que fazem as nuvens serem brancas. Isto é chamado de "dispersão Mie".*

Sentei-me confortavelmente e esvaziei o copo. Num exame mais cuidadoso, verifiquei que o colarinho da Guinness é de fato de cor creme e uma gota ou duas que

*Designação freqüentemente aplicada a um conjunto de procedimentos teóricos para avaliação de propriedades óticas. (*N. do T.*)

permaneceram no fundo do copo tinham uma cor marrom brilhante. Embora a cerveja Guinness pareça ser preta, ela não é opaca. Na espuma não há muito líquido, pois a maior parte do espaço é tomada pelo ar. Mas como a luz se dispersa de bolha em bolha, a cerveja entre elas absorve um pouco da luz, fornecendo um pouco de cor.

É dispensável dizer que, para assegurar a fidelidade da experiência, ela foi repetida várias vezes.

Martin Whittle
Sheffield, Reino Unido

Chocolate borbulhante

A Aero, uma marca famosa de chocolate em barra, contém bolhas encerradas numa matriz de chocolate. As bolhas têm tamanho uniforme e se distribuem por toda a barra. Como os fabricantes produzem esse efeito? Por que as bolhas não sobem para a superfície quando o chocolate se solidifica?

Natasha Thomas
Watford, Hertfordshire, Reino Unido

O processo que cria as bolhas no chocolate Aero é um segredo guardado a sete chaves pela Nestlé Rowntree. Entretanto, podemos lhe dizer que há aproximadamente 2.200 bolhas em cada barra de Aero!

Marie Fagan
Relações públicas e assessora de imprensa da Nestlé, Reino Unido

Os detalhes do segredo estão ausentes, mas a resposta ampla está na patente inglesa GB 459583, requerida pela Rowntree em 1935.

O chocolate é aquecido até que esteja num estado fluido ou semifluido e é aerado com o auxílio de uma batedeira, que produz muitas bolhas pequenas, distribuídas por todo o chocolate. Ele, então, é colocado em fôrmas, e a pressão do ar é gradualmente reduzida enquanto o chocolate esfria. A redução da pressão do ar faz as pequenas bolhas crescerem, dando ao chocolate acabado a aparência de que elas foram congeladas. O revestimento de chocolate da barra é colocado na fôrma antes que o chocolate fluido aerado seja derramado nela.

A patente não fornece nenhuma pista de como evitar que as bolhas subam para a superfície durante o processo de fabricação, mas isso ocorre por causa da alta viscosidade do chocolate semilíquido e do resfriamento rápido.

As patentes são uma grande fonte de informação técnica. Acredita-se que 80% das descobertas técnicas se encontram nas patentes. Você pode ler e, se quiser, imprimir a patente GB 459583 visitando o site do Escritório de Patentes do Reino Unido em www.patent.gov.uk. Este serviço fornece acesso aos bancos de dados dos escritórios de patentes inglesas e européias.

Melvin Rees
Divisão de Marketing e Comunicação
Escritório de Patentes, Londres, Reino Unido

Esta não é a resposta sobre o chocolate que o leitor estava esperando, mas eu soube de um fabricante de sabonetes que usava o mesmo processo para fazer um sabonete flutuante. As experiências foram bem-sucedidas tecnicamente, já que o sabonete flutuava, mas o produto foi considerado comercialmente inviável, pois se dissolvia muito rapidamente.

Mike Dignen
Norwich, Norfolk, Reino Unido

David Bailey, um dos advogados do escritório de patentes Brookes Batchellor, em Tunbridge Wells, Kent, Reino Unido, levantou outra patente, a GB 459582, e o mesmo fez Armen Khachikian, da seção de informações sobre patentes da Biblioteca Britânica. Ela foi protocolada pela Rowntree no mesmo dia que a anteriormente mencionada e contém o conceito do "Aero". Os fabricantes do chocolate sabiam claramente o que queriam. Khachikian mostra que, oito dias antes de entrar com o pedido de patente, o nome Aero foi registrado. Embora as patentes inglesas só expirem em vinte anos, a marca registrada Aero ainda está em vigor.

Agradecemos a Tom Jackson, de Wigton, Cumbria, Reino Unido, por investigar a patente americana US 4272558 e a patente inglesa GB 480951, de 1938, sobre "Melhoramentos em compostos para produtos comestíveis ou para a fabricação de bebidas", protocoladas por Sydney Phillips e Arthur Whittaker. Esta patente contém informações sobre como fazer bolhas em chocolate derretido com gás sob pressão e como liberar o gás através de um bico. Ela diz: "A liberação do chocolate sobre uma região sob pressão atmosférica faz com que o gás escape ou se expanda dentro do chocolate, conferindo a este uma estrutura aberta, celular e porosa, semelhante a uma colméia." (N. do E.)

Licor Tia Maria

Uma das maneiras de beber o licor Tia Maria é sorvendo-o através de uma camada fina de creme. Se o creme for despejado na superfície da bebida, a uma profundidade de cerca de 2 milímetros, e se o deixarmos descansar por cerca de dois minutos, a superfície começa a se partir em inúmeras células toroidais. Estas células formam um padrão rápido de circulação que continua mesmo quando se bebe um gole do licor através do creme. Como e por que estas células se formam e qual a origem desta energia?

Geoffrey Sherlock
Amersham, Buckinghamshire, Reino Unido

Ficamos felizes de ver que esta pergunta, feita à Last Word em 1995, inspirou um projeto de pesquisa de Julyan Cartwright, no Laboratório de Estudos Cristalográficos em Granada, Espanha; Oreste Piro, no Instituto Mediterrâneo de Estudos Avançados em Maiorca, Espanha; e Ana Villacampa, no Laboratório Nacional Lawrence Livermore, na Califórnia. Seu artigo "Formação de padrões na convecção solutal: rolos vermiculados e células isoladas" foi publicado na Physica A *(vol. 314, p. 291). Desde 1995, um grande número de teorias foi enviado para a* New Scientist *e o consenso a que se chegou foi que a reação entre o álcool e a gordura do creme era responsável pelo fenômeno. Agora sabemos a resposta real, mandada pelo primeiro autor do artigo. (N. do E.)*

Fizemos essa experiência e ficamos fascinados. É lindo observar os desenhos e ver como são diferentes os padrões que se formam sobre camadas de creme de espessuras diferentes.

Tal fenômeno é causado pela convecção. Convecção é o movimento total de um fluido, freqüentemente associado a diferenças entre certas temperaturas. No licor Tia Maria e no creme, a convecção é deflagrada pela diferença na concentração e é chamada de convecção solutal.

O componente importante é o álcool do licor Tia Maria. Depois que o creme é derramado sobre o licor, o álcool começa a se espalhar sobre a camada de creme. Quando chega à superfície, altera a tensão superficial. Quanto mais álcool na superfície, menor a tensão. Regiões de alta tensão superficial arrastam para si o líquido das regiões de baixa tensão superficial. Como o líquido da superfície foi levado para fora, o líquido abaixo desta região de baixa tensão superficial ocupa o seu lugar.

Mas este líquido contém ainda mais álcool porque veio da parte do creme mais próxima do licor que está por baixo. Ele tem uma tensão superficial uniforme menor e, por sua vez, é lançado para fora. Este mecanismo de resposta positiva cria a convecção, que continuará enquanto houver uma diferença de concentração capaz de sustentá-la.

Este tipo de convecção causada pela tensão superficial é chamado de convecção de B'enard-Marangoni e se refere a camadas finas de fluido. É importante em situações como a secagem de tintas. A mesma capilaridade ou força de tensão superficial causa ainda outros tipos de padrões em bebidas alcoólicas, como as gotas em taças de vinho.

O outro mecanismo importante e capaz de causar a convecção é a flutuação. A convecção causada pela flutuação, ou convecção Rayleigh-B'enard, não causa os padrões no licor Tia Maria, pois o creme é mais leve do que o licor e, como está por cima, tem flutuação estável.

Os padrões que se formam quando se inicia a convecção de um líquido por quaisquer destes mecanismos já foram bastante estudados em situações tais como nos rolos de nuvens no céu ou nos hexágonos formados numa frigideira quando uma camada de óleo é aquecida. O licor Tia Maria é um caso à parte, pois os padrões não formam rolos nem hexágonos.

Padrões similares já foram registrados pela literatura científica, particularmente em artigos escritos nas primeiras décadas do século XX. Os padrões semelhantes a minhocas, em camadas finas de creme, foram chamados de rolos vermiculados, e as células toroidais em camadas grossas receberam o nome de células isoladas. Ambos surgem quando há uma superfície lisa e fina por cima da substância de convecção, que retarda o movimento entre a superfície e a totalidade do líquido. Neste caso, o creme gorduroso bloqueia parcialmente a superfície e, então, os padrões se formam.

As pesquisas mais recentes sobre convecção têm a tendência de ignorar estes tipos de padrões e as experiências mais antigas foram consideradas incorretas, pois os fluidos eram impuros. Os diferentes padrões formados foram atribuídos às impurezas. Tentamos reverter este conceito. Depois de ver os padrões no licor Tia Maria, fizemos experiências de convecção solutal com fluidos puros mais simples, que continuaram a mostrar sempre os mesmos padrões. Você vai encontrar um relato detalhado na *Physica A* sobre as experiências com o licor Tia Maria e com outros produtos químicos convencionais.

Julyan Cartwright, Oreste Piro, Ana Villacampa
Espanha e Estados Unidos

Humores do mel

Como um pote de mel claro e fluido, que não foi aberto, subitamente começa a se tornar um bloco sólido de açúcar, sem que tenha havido qualquer estímulo externo? Potes que permaneceram claros durante anos nas prateleiras podem, em poucas semanas, se tornar açucarados, mesmo que sequer tenham sido tocados. A temperatura parece não influir. O processo ocorre tanto no inverno quanto no verão.

Billy Gilligan
Reading, Berkshire, Reino Unido

Os apicultores discutem sobre isso. O mel de diferentes procedências comporta-se de maneiras diferentes. Sendo uma solução supersaturada de açúcares em várias proporções (principalmente glucose e frutose), o mel é cheio de impurezas, como escamas de insetos, grãos de pólen e moléculas orgânicas, que propiciam ou interferem na cristalização. A glucose cristaliza-se rapidamente, enquanto a frutose permanece em solução por mais tempo. Alguns se tornam empedrados, como o mel de aloé, que é rico em glucose e partículas nucleárias, enquanto outros, de qualidade diferente, como o mel do eucalipto, conservam-se líquidos e doces por muitos anos.

O atraso imprevisível da ocorrência da cristalização depende de um centro de nucleação formado por micróbios, secagem local, oxidação ou outras reações químicas. A cristalização também ocorre espontaneamente, tendo início quando uma quantidade suficiente de moléculas se agrupa e forma um cristal inicial. Alguns açúcares fazem o mesmo com freqüência, e outros, muito raramente.

Há meios de se forçar uma cristalização colocando cristais no mel ou insuflando ar violentamente dentro dele. Produtos feitos desta maneira são vendidos como "mel cristalizado". O xarope produzido a partir da borra dos cristais é mais fluido e menos doce do que o mel original, pois o açúcar fica aprisionado nos cristais. Aqueça um pouco o mel açucarado num forno de microondas até que se dissolva, compare o sabor do xarope com o da borra; você ficará espantado.

Jon Richfield
Somerset West, África do Sul

Vi isto acontecer muitas vezes. O tempo que precede a cristalização parece depender do tipo de néctar do qual o mel é feito. Mel de nabo se cristalizará em uma semana ou duas depois de ter sido feito pelas abelhas. Mel de urze, ao que parece, não se cristaliza. Mel de fúcsia é extremamente fluido, diferente de todos os que conheço, mas é propenso a fermentar mesmo quando vem diretamente dos favos. Ainda assim, cristaliza-se dentro de um ano ou dois.

Pat Doncaster
Cork, Irlanda

Glug-glug

O líquido de uma garrafa sai mais rápido quando ela está com o gargalo para baixo ou quando atinge o ponto em que faz "glug-glug" com a garrafa meio inclinada? E, qualquer que seja o caso, qual é a explicação para as diferentes velocidades?

Randy Baron
Basiléia, Suíça

A água que sai de uma garrafa invertida não tem a superfície livre. Assim, a água que sai tem de ser substituída por outra coisa, pois os líquidos não se expandem nem se contraem muito quando há mudança de pressão. No caso de uma garrafa de plástico fina, o volume que sai é compensado pelas paredes da garrafa que vão sendo comprimidas para dentro pela pressão atmosférica, enquanto a água escorre para fora. É o que acontece primeiro.

No caso de a garrafa ser de vidro, outro mecanismo de compensação é necessário, e o ar entra em bolhas pelo gargalo. As bolhas do ar que entra e a água que sai têm que fazer uma troca alternada, gerando o efeito *glug-glug*.

Dois outros fatores importantes afetam a velocidade do fluxo. Primeiramente, se houver uma quantidade significativa de gás no interior da garrafa, ele se expande para substituir o volume da água perdido. Este processo continua até que a pressão reduzida do gás seja suficiente para sustentar o acúmulo de líquido na saída do gargalo. Então começa o *glug-glug* novamente.

O segundo fator é o rodamoinho. Se a garrafa for segura de modo a formar um rodamoinho, a água sai pelo gargalo e cria uma coluna relativamente livre para dar passagem ao ar pelo centro. Se movimentarmos a garrafa em pequenos círculos antes de liberarmos o líquido, criaremos uma espécie de tornado no seu interior.

Efeitos como estes são importantes em equipamentos de separação industrial, chamados hidrociclones, que têm a forma parecida com uma garrafa invertida. É possível avaliar se os equipamentos funcionam bem apenas pela observação do padrão da descarga do que sai do fundo, descrito como corda, cone ou jato.

Martin Pitt
Departmento de Engenharia Química e de Processamento
Universidade de Sheffield, Reino Unido

Nota para o pessoal apressado do bar: pequenas experiências do laboratório da New Scientist *confirmam que, qualquer que seja o ângulo no qual a garrafa esteja emborcada, o fluxo de saída é mais rápido quando a garrafa está cheia, porque é quando a pressão do líquido é maior no gargalo.*

Para esvaziar rapidamente o conteúdo de uma garrafa, é mais eficiente mantê-la em um ângulo do que virá-la de cabeça para baixo. Seu conteúdo, quando derramado com a garrafa em ângulo, permite o glug-glug que diminui a passagem do líquido pelo gargalo. Uma dica extra de Martin Pitt: gire a garrafa, vire-a de cabeça para baixo e continue a girá-la em torno de seu eixo rapidamente.

Verificamos que uma garrafa de 750 mililitros de vinho foi esvaziada em 9,9 segundos quando invertida e em 8,1 segundos quando inclinada a 45 graus. Girando a garrafa de modo a criar um tornado no gargalo, o que permite que o ar entre continuamente e substitua o líquido que sai, diminui-se o tempo para 7,7 segundos.

Em todos os casos, a velocidade de emissão diminui à medida que a quantidade de água acima do gargalo vai se tornando menor. Dividindo-se o volume de água na garrafa em três partes iguais, o primeiro, o segundo e o terceiro volumes saem da garrafa invertida em 2,5, 3,5 e 3,8 segundos, respectivamente; em 2,0 2,4 e 3,7 segundos na garrafa inclinada e em 2,0, 2,3 e 3,3 segundos na garrafa girada. A técnica de girar a garrafa e esvaziá-la suavemente, ainda que feita com perfeição, não é recomendável para cervejas e bebidas com gás. (N. do E.)

? Gosto apurado

O glutamato monossódico é uma substância que realça o sabor e é usada, principalmente, nas culinárias japonesa e chinesa. Por que é tão popular nas cozinhas orientais e de que maneira realça o sabor dos alimentos?

Michael Stuart
Goole, East Yorkshire, Reino Unido

Acredita-se que o glutamato monossódico ou GMS seja mais comumente usado na culinária oriental por razões tradicionais. Há milhares de anos a culinária japonesa introduziu um tipo de alga, o kombu, em suas receitas para realçar o sabor dos alimentos. Somente após 1908 o componente do kombu que realçava o sabor dos alimentos foi identificado como glutamato.

De lá até 1956, o glutamato foi produzido comercialmente no Japão por um processo de extração lento e caro. A partir de então, iniciou-se a produção industrial em grande escala, com a fermentação de substâncias como melaço de açúcar de beterraba ou de cana. Hoje, centenas de milhares de toneladas de GMS são produzidas em todo o mundo.

O glutamato monossódico contém 78,2% de glutamato, 12,2% de sódio e 9,6% de água. O glutamato, ou ácido glutâmico livre, é um aminoácido encontrado em alimentos proteicos como carne, legumes, frango e leite. Queijo parmesão e Roquefort são ricos em glutamato. O glutamato no GMS produzido comercialmente é diferente daquele encontrado em plantas ou animais. O glutamato natural consiste apenas em ácido glutâmico-L, enquanto a variedade artificial contém ácido glutâmico-D, ácido piroglutâmico e outros produtos químicos, além do ácido glutâmico-L.

Sabe-se que tanto a culinária chinesa quanto a japonesa usam o glutamato em seus pratos, mas parece que ninguém sabe bem que ele é usado em comidas preparadas em outras partes do mundo. Na Itália, por exemplo, é usado em pizzas e lasanhas; nos Estados Unidos, em sopas e cozidos, e na Inglaterra vamos encontrá-lo em batatas fritas e cereais.

Acredita-se que o GMS intensifique o chamado "quinto sabor" de certos alimentos. Os outros quatro, mais conhecidos, são o doce, o azedo, o amargo e o salgado. O quinto sabor é conhecido pela palavra japonesa *umami* e é definido como um delicioso sabor parecido com brodo ou gosto de carne.

O *umami* foi identificado pela primeira vez em 1908, por Kikunae Ikeda, da Universidade Imperial de Tóquio, ao mesmo tempo em que o glutamato foi descoberto no kombu. Vale a pena provarmos o glutamato, pois ele é o aminoácido mais abundante encontrado em alimentos naturais.

John Prescot, professor associado do Centro de Pesquisa Científica dos Sentidos da Universidade de Chicago, afirmou que o *umami* indica a presença de proteínas nos alimentos, assim como o sabor doce indica carboidratos fornecedores de energia, o amargo nos alerta sobre toxinas, o salgado sinaliza a falta de minerais, e o azedo, a deterioração. Cientistas identificaram um receptor para o *umami*, que é a forma modificada de uma molécula conhecida como mGluR4.

Mark Bollie
Amersham, Buckinghamshire, Reino Unido

? Chá mutante

Por que quando se colocam algumas gotas de suco de limão numa xícara de chá preto, a cor do chá clareia bastante e de forma quase instantânea?

Stuart Robb
Strathaven, Lanarkshire, Reino Unido

A resposta é simples. Colocando-se suco de limão no chá, altera-se a sua acidez e a cor muda em decorrência disso, como acontece em um papel de tornassol.

Efeito similar será observado ao substituirmos o chá por suco de repolho roxo cozido.

Aron
Toronto, Canadá

As folhas do chá são ricas em um grupo de substâncias químicas chamadas polifenóis, que, surpreendentemente, representam quase um terço de seu peso. A cor e o sabor do chá devem-se a estas substâncias.

Um grupo de polifenóis, as *thearubigins*, são os pigmentos vermelhos encontrados no chá preto e representam entre 7% e 20% do peso de sua folha seca.

A cor do chá preto também é influenciada pela concentração de íons de hidrogênio na água. As *thearubigins* são ácidos pouco ionizados, e os ànions (íons negativamente carregados) que elas produzem são altamente pigmentados. Se a água para fazer o chá for alcalina, a cor do chá será mais escura, devido à grande ionização das *thearubigins*.

Se o suco de limão, que é um ácido, for colocado no chá, os íons de hidrogênio eliminam a ionização das *thearubigins*, tornando o chá mais claro.

Curiosamente, as *theaflavins*, os polifenóis amarelos do chá preto, não participam da mudança de cor produzida pela mudança de acidez.

Madeira de lei

Acabo de retornar de férias da ilha da Madeira. Aprendi que as velhas garrafas de vinho madeira — um vinho semelhante ao vinho do Porto e ao xerez — devem ser guardadas em pé. Garrafas guardadas desta maneira conservam os vinhos por muitos anos. Entretanto, as garrafas de outros tipos de vinhos devem ser guardadas deitadas para que as rolhas se conservem úmidas e perfeitas. Por que o madeira é diferente? Sua rolha não irá secar?

Cristina Mariana
Lisboa, Portugal

"Velhas garrafas de vinho madeira" não precisam ser guardadas em pé, mas, diferentemente de outros vinhos, colocá-las desta forma não lhes causa mal algum.

A partir do momento em que os vinhos são engarrafados, o oxigênio se torna seu grande inimigo. Ele oxida o vinho, resultando num odor e gosto desagradáveis. A finalidade da rolha é evitar a entrada do oxigênio, conservando somente o que ficou no gargalo entre ela e o vinho. Mas como as rolhas secam e se contraem, as garrafas guardadas em pé acabarão por deixar que um pouco de ar entre, oxidando o vinho. Daí surge o conselho de guardar as garrafas de vinho deitadas para manter as rolhas úmidas.

O vinho madeira, como o xerez e o vinho do Porto, tem sua composição encorpada devido ao acréscimo de conhaque antes de a fermentação se completar. Esta intervenção no processo deixa um açúcar residual no vinho, pois o aumento da concentração do álcool destrói a levedura. Outro resultado deste processo é, naturalmente, fazer um vinho com um teor mais alto de álcool (geralmente entre 16% e 20% por volume, em vez de entre 10% e 13%).

O aumento de álcool e de açúcar tende a proteger a oxidação do vinho fortificado. Mesmo assim, se houver oxigênio na garrafa, o vinho corre o risco de ser oxidado.

O vinho madeira é um caso excepcional. Ele tem melhor paladar se estiver levemente oxidado, característica descoberta acidentalmente e explorada no século XVIII, quando os barris eram despachados de navio em viagens longas para regiões tropicais. Por este motivo, o termo "madeirizado", usado para designar um vinho seco oxidado, deriva obviamente do vinho madeira. Assim, o risco de madeirização de uma garrafa de vinho madeira, devido a uma rolha ressecada, não é tão sério como seria em outros vinhos.

Por que, então, as garrafas devem se guardar em pé? Entre 5% e 10% das rolhas apodrecem quando molhadas, e as garrafas fechadas com essas rolhas acabam absorvendo esse cheiro de mofo desagradável. Tais garrafas são chamadas de contaminadas ao serem abertas e seu conteúdo provado, daí o costume de cheirar a rolha antes de se servir o vinho. Se uma garrafa de vinho madeira for guardada em pé, a rolha jamais será molhada, e o vinho nunca será contaminado. Assim, se o risco de oxidação é considerado sem importância, o risco de uma rolha mofada é, por outro lado, de grande importância, devendo, então, a garrafa ser armazenada em pé. A melhor solução, com certeza, seria usar rolhas de qualidade superior nas garrafas de vinho madeira.

Ele ainda continuará bom para ser consumido séculos depois? Há dois anos tive o privilégio de abrir, decantar e provar cerca de 50 mililitros de um madeira de 1814. Ele ainda estava bebível, não excelente, mas bebível. Sua rolha vinha sendo trocada a cada 25 anos, mais ou menos. Seu nome era "Violeta", o mesmo de minha mulher, e, por este motivo, guardei a garrafa. Naquele tempo, os vinhos madeira eram sempre rotulados com o nome do navio no qual eram transportados para os Estados Unidos.

Edward Hobbs
Consultor de vinhos
Wellesley College, Massachusetts, Estados Unidos

O vinho madeira é capaz de durar mais do que sua rolha. A prática indicada é trocar a rolha da garrafa de décadas em décadas. Alguns distribuidores costumam marcar nos rótulos as datas das trocas de rolhas, além da data da colheita e do tipo da uva. O estado de oxidação do vinho permite que este processo seja feito com relativo grau de confiança, mas o mesmo processo aplicado ao vinho do Porto, ao xerez ou a um vinho não-fortificado corre o risco de estragar seu conteúdo.

O processo pelo qual o vinho madeira é oxidado intencionalmente, conhecido como estufagem, foi descoberto por acaso depois que alguns barris foram despachados numa viagem longa para o Novo Mundo, cruzando os trópicos, e adquiriram uma cor e um sabor agradáveis.

Durante séculos, os produtores continuaram a mandar seus vinhos madeira em barris para serem usados como lastro nos navios e para melhorar seu sabor. Hoje os barris são apenas guardados a temperaturas tropicais de até 50ºC por cerca de três meses nos depósitos dos transportadores na ilha da Madeira.

Mark McKegrow
Cheltenham, Gloucestershire, Reino Unido

? Entrando pelo cano

Qual é o maior comprimento que um canudo pode alcançar para se beber uma Coca-Cola?

Bhargav
Hyderabad, Índia

Se você aplicar vácuo absoluto sobre um líquido não-volátil, a altura máxima em que você conseguirá bebê-lo usando um canudo vertical será alcançada quando a pressão hidrostática do topo da coluna do líquido for igual a 1 atmosfera (101.325 pascals). Esta pressão é dada por p × g × h, onde p é a densidade do fluido, g é a aceleração gravitacional (9,81 metros por segundo) e h é a altura em metros. Para a água, que tem uma densidade de 1.000 quilogramas por metro cúbico, teremos uma altura máxima de mais ou menos 10,3 metros.

Como a água tem uma pressão de vapor de 3.536 pascals (a 27ºC), ela começará a ferver antes que se consiga atingir um vácuo perfeito. Assim, a pressão máxima sob vácuo que se aplica é de 101.325-3.536 = 97.789 pascals. Isto dá uma altura máxima de 9,97 metros.

No caso de um refrigerante, as coisas são um pouco mais complicadas, pois o dióxido de carbono dissolvido começará a "ferver" fora da solução sob vácuo. Se você for devagar, tudo o que vai sugar, em primeiro lugar, será CO_2, e, então, depois de você ter retirado todo o gás, irá beber a bebida choca. Se você sugar muito depressa, talvez consiga fazer com que o líquido suba antes de o CO_2 ter nucleado e formado bolhas. É mais provável que você consiga uma espuma de líquido e de bolhas de CO_2 e, assim, poderá sugá-la até uma altura maior, pois a densidade efetiva da mistura espumante será menor do que a de água pura. Se sugar numa velocidade média, as bolhas de espuma se aglutinarão e você ficará limitado a uma coluna de altura menor.

A resposta exata depende de quanto CO_2 dissolvido há na bebida e em qual velocidade você consegue sugá-la. Você também irá precisar de um canudo melhor do que os canudos comuns, pois eles se fecharão sobre si mesmos sob vácuo moderado.

Simon Iveson
Departamento de Engenharia Química
Universidade de Newcastle, New South Wales, Austrália

Usando um tubo longo de paredes grossas e resistentes à pressão, meus alunos de 15 anos de idade conseguem sugar a bebida por um canudo de 2 metros. Sugando e tampando o tubo com a língua, respirando e sugando repetidas vezes, chegam a elevar o líquido até a altura de 4 metros sem dificuldade. Foi o máximo que eles conseguiram. O próximo passo será ficar no último degrau de uma escada, o que não é uma boa idéia quando se tem uma turma de trinta alunos.

Penso que a altura de 4 metros está próxima do limite. A redução da pressão na boca é a mesma no topo do tubo. Desta forma, será muito difícil sugar contra a pressão externa e também ficará difícil tirar sua língua da abertura do tubo.

Há também o problema da pressão interna nos pulmões, que pode cair drasticamente se a garganta estiver aberta e o ar estiver sendo expelido dentro do tubo de vácuo. É melhor parar antes que algo aconteça.

Keith Sherratt
Nottingham, Reino Unido

Tenha cuidado ao testar os limites de sua habilidade para sugar fluidos. Você está se arriscando a engasgar, o que é bem desagradável. Uma sucção forte demais pode vir a causar bolhas de sangue na sua boca.

No Kalahari, há uma década ou duas, o povo !Kung tinha que sugar a água que minava de buracos estreitos nas pedras. Na estação das secas, eles emendavam junco, fazendo longos canudos, e os homens que tinham maior força de sucção aspiravam a água, que era então vertida para reservatórios comunitários.

Jon Richfield
Somerset West, África do Sul

Estado de choque

Alguém pode dizer por que e como os amaciantes reduzem a quantidade de eletricidade estática nas roupas?

Johanna
Por e-mail, sem endereço

A eletricidade estática é um desequilíbrio de carga elétrica: uma falta completa ou a superabundância de elétrons na superfície do material. Isso se dá por causa da triboeletricidade produzida quando dois materiais estão em contato e são separados. Neste caso, os elétrons são trocados pelos materiais, deixando um deles com carga positiva e o outro com carga negativa. A fricção entre os dois materiais intensifica este processo de troca de cargas.

Sob condições atmosféricas normais, fibras como as do algodão e da lã guardam uma alta umidade relativa, que lhes propicia uma condição condutora. Esta umidade impede que ocorra a separação de cargas, fazendo com que a eletricidade estática possa ser dissipada. Contudo, materiais sintéticos têm uma resistência elétrica superficial alta que se agrava quando a umidade é baixa, impedindo a dissipação da carga. Uma camada de amaciante de roupas reduz a resistência elétrica da superfície dos tecidos.

Paul Thompson
Twickenham, Middlesex, Reino Unido

A formação de estática nas roupas é causada pela fricção de fibra contra fibra, fibra contra pessoa e também de fibra contra ar e depende do tipo de fibra do qual a roupa é feita. A quantidade de estática formada depende da umidade relativa. Quanto mais alta for a umidade, menor será a carga. Fibras como raiom, seda, lã, algodão e linho têm grande capacidade de "recuperação", ou seja, suas fibras absorvem muita umidade, mesmo quando o clima é muito seco, e formam pouca estática. Fibras como poliéster, acrílico e polipropileno, que têm pouca capacidade de recuperação de umidade, formam muita estática.

Os removedores ou sprays antiestática são de dois tipos: os primeiros são feitos de moléculas que contêm grupos polares nos quais a carga é distribuída irregularmente e que agem como condutores para dissipar a carga estática, e os do segundo tipo são umectantes, isto é, materiais absorventes de água que também permitem ao tecido dissipar a eletricidade estática. O aumento de umidade na superfície ou dentro da própria fibra aumenta a condutibilidade elétrica, ajudando a drenagem da carga.

Tecnólogos têxteis têm condições de projetar fibras ou tecidos que minimizam os efeitos da eletricidade estática. Em tapetes, uma pequena quantidade das fibras (até 3%) tem um "núcleo" ou um fio de carbono para dissipar a estática. Tecidos para forração ou fundo de tapetes usam uma mistura de fuligem ao látex com a mesma finalidade.

Se o tapete for feito de fios pré-cortados, uma pequena porcentagem de fibras de aço inoxidável ou de fibras revestidas com alumínio ou vapor de prata pode ser incorporada, com a finalidade de reduzir a eletricidade estática. Convém não usar mais do que 5% desse tipo de fibra, senão o tapete adquire uma coloração cinzenta.

Bob Wagner
Plymouth Meeting, Pensilvânia, Estados Unidos

Os amaciantes de tecidos contêm um composto chamado agente de superfície ativa ou surfactante. Trata-se de um surfactante catiôntico, isto é, uma molécula longa, como óleo ou gordura, com carga positiva numa das extremidades. O surfactante geralmente usado é um composto de amônia no qual o átomo de nitrogênio é circundado por quatro grupos orgânicos.

Durante o processo de lavagem, a carga negativa que se forma na superfície do tecido atrai a extremidade positiva das moléculas do surfactante para si. Estas longas moléculas oleosas lubrificam as fibras, evitando a fricção que causa o acúmulo da estática. O tecido se torna mais fácil de passar pelo relaxamento de sua trama, o que permite um toque macio.

Richard Phillips
Fayetteville, Arizona, Estados Unidos

? Osmose melada

Por que uma fatia de pão na qual se passou mel vai, aos poucos, se tornando côncava?

Donal Trollope
Stonehouse, Gloucestershire, Reino Unido

Minha mulher diz que o pão dela não tem tempo de ficar côncavo quando ela passa mel. Porém, para os que querem comer o seu pãozinho com mais tranqüilidade, aqui vai uma explicação simples.

O pão é composto de 40% de água, aproximadamente, e o mel é uma solução forte, que contém 80% de açúcar. O mel retira a umidade do pão por osmose.

Pela remoção da água, o pão encolhe para o lado em que o mel foi passado, ficando côncavo. Se você passar manteiga antes, é provável que isto não aconteça, pois a manteiga forma um revestimento impermeável que protegerá o pão da desidratação provocada pelo mel.

Peter Bursztyn
Barrie, Ontário, Canadá

Lâmpada cinzenta

As lâmpadas incandescentes do meu trabalho vão se tornando cinzentas por dentro com o passar do tempo. Por quê?

Kirsty Rhode
Manchester, Reino Unido

As lâmpadas incandescentes vão ficando cinzentas por dentro por causa da evaporação gradual do tungstênio dos filamentos que acontece enquanto a lâmpada fica acesa. Tal evaporação vai tornando o filamento cada vez mais fino até que ele acaba queimando.

Foram desenvolvidos vários métodos para reduzir essa cor cinza. Os filamentos das primeiras lâmpadas incandescentes queimavam no vácuo até que se descobriu que um gás inerte reduziria este problema. Hoje em dia, usa-se uma mistura de nitrogênio e argônio. Além disso, metais com propriedades "absorventes", como o tântalo e o titânio, são colocados próximos ao filamento para atrair o tungstênio, de modo que ele não se deposite no vidro. Uma alternativa é colocar pó abrasivo de tungstênio no interior da lâmpada. Agitando-se a lâmpada de tempos em tempos, o revestimento cinzento é removido da superfície do vidro por abrasão.

O aspecto cinzento também é eliminado pela introdução de uma pequena quantidade dos halógenos iodo e bromo. O tungstênio evapora dos filamentos e reage com os halógenos, que voltam a depositá-lo sobre os filamentos, fazendo com que as paredes da lâmpada fiquem sempre limpas. Para evitar que os sais de tungstênio se condensem e quebrem o ciclo, a temperatura no interior da lâmpada deve ser de 500ºC, no mínimo. Esta é uma temperatura muito alta para as lâmpadas de vidro, que operam, no máximo, a cerca de 150ºC. Por causa disso, usa-se o quartzo fundido (dióxido de silício) em vez do vidro.

Comparada com lâmpadas incandescentes comuns, as lâmpadas halógenas de quartzo têm vida mais longa, mantendo sua luminosidade por mais tempo. Por exemplo, uma lâmpada halógena de quartzo, com uma vida útil de 2 mil horas, ficará 5% mais fraca antes de queimar, enquanto uma lâmpada incandescente, com uma vida útil de mil horas, queimará depois de ter a sua luminosidade reduzida em mais de 15%.

Ross Firestone
Winnetka, Illinois, Estados Unidos

Deve-se levar em consideração o fato de que as lâmpadas existem não para emitir luz, mas sim para absorver a escuridão. A teoria da "absorção da escuridão" é muito complexa para ser explicada aqui em detalhes, mas prova a existência do escuro, que ele tem cor, que é mais pesado do que a luz e se desloca mais velozmente que ela.

Para responder à sua pergunta, a lâmpada escurece com o passar do tempo em conseqüência da escuridão que ela absorveu. Da mesma maneira, uma vela, que é a forma primitiva de absorção do escuro, apresenta um pavio branco que vai se tornando preto com o uso por causa da escuridão que absorveu.

Ken Walke
Wigan, Lancashire, Reino Unido

Os leitores devem ter em mente que a "teoria da absorção da escuridão" ainda deve ser objeto de validação pela comunidade científica. (N. do E.)

Cerveja choca

Ontem à noite eu estava sentado num bar com um grupo de amigos, bebendo cerveja, e ficamos pensando: por que a cerveja fica choca quando esquenta? Além disso, por que este efeito parece mais evidente nas cervejas claras, de baixa fermentação, do que nas amargas?

Jon Shaw
Brighouse, West Yorkshire, Reino Unido

A resposta está no comportamento dos gases e na sua solubilidade na água. A maioria das cervejas são soluções diluídas de açúcares, gases, ácidos orgânicos e outros compostos complexos — e (felizmente) álcoois.

O gás que faz as bebidas espumantes é o dióxido de carbono. No caso das cervejas inglesas avermelhadas de alta fermentação, o CO_2 é gerado pela ação da levedura sobre o resíduo dos açúcares da bebida, ao passo que na maioria das cervejas, inclusive as inglesas claras de baixa fermentação, o gás é acrescentado, artificialmente, na cervejaria ou no ponto de venda.

O problema surge porque a solubilidade do CO_2 está relacionada à temperatura do solvente no qual o gás é diluído, neste caso, a cerveja. Ele se dissolve melhor na cerveja gelada do que na quente. É por esta mesma razão que peixes como a truta e o salmão, que precisam de muito oxigênio, vivem nos rios das montanhas frias, pois naquelas águas há mais quantidade de oxigênio.

Quando a cerveja é servida no bar, ela contém certa concentração de CO_2 dissolvido, mas, à medida que esquenta, sua capacidade de reter CO_2 em solução decresce.

O excesso de gás é liberado na atmosfera através das bolhas que você vê subindo e, em conseqüência disso, a cerveja acaba ficando choca. Outros componentes voláteis da cerveja, como o malte e o lúpulo, evaporam bem depressa, e a cerveja muda de cheiro quando isso acontece.

A diferença que o seu correspondente observou entre as cervejas claras de baixa fermentação e as amargas, na maior parte das vezes é causada por dois fatores. O primeiro é que as cervejas claras de baixa fermentação em geral são servidas mais geladas do que as amargas, a fim de disfarçar o fato de terem menos sabor (o que ocorre porque elas contêm menos ésteres frutados e álcoois de cadeias mais longas em conseqüência das baixas temperaturas de fermentação e das diferentes tensões na levedura empregada no seu processamento). O aumento da diferença entre a temperatura da cerveja e a do ar faz com que as cervejas de baixa fermentação esquentem mais rápido do que as amargas. Seu índice de perda de CO_2 é, conseqüentemente, muito maior, e elas se tornam chocas mais rápido.

O segundo fator é que as cervejas claras de baixa fermentação geralmente são mais saturadas de gás carbônico do que as amargas. Assim, ficam mais espumantes quando abertas e têm mais CO_2 a perder. O gás carbônico extra e a baixa temperatura em que são servidas geralmente camuflam a falta de sabor de muitas cervejas inglesas de baixa fermentação.

A resposta para solucionar o problema é beber sua cerveja mais depressa ou, então, procurar um bar que seja refrigerado.

Geoff Nicholson
Newcastle upon Tyne, Reino Unido

Nosso universo

Choque celeste

Se toda a matéria do universo se originou do big bang, *e se ele continua se expandindo desde então, como duas galáxias poderão vir a se chocar?*

Don Jewet
Sausalito, Califórnia, Estados Unidos

As galáxias poderão se chocar porque a expansão do universo é a expansão do próprio espaço, e não do movimento da matéria através dele. Um movimento localizado em alguma parte do universo é independente da expansão do todo. No momento presente, a galáxia de Andrômeda está se movendo em direção a nós.

Grant Thompson
Roma, Itália

O *big bang* não foi como uma explosão comum, em que fragmentos de uma porção de matéria foram lançados longe. Mais do que isso, o *big bang* iniciou a expansão do próprio espaço.

Fazendo uma analogia cosmológica simples, pensemos nas galáxias como confetes na superfície de um balão inflável. Como balões que vão se enchendo de ar, as galáxias vão se separando porque o espaço entre elas aumenta. Nesta analogia, é a superfície do balão, e não o seu volume interno, que representa o universo tridimensional.

As galáxias parecem ter suas trajetórias próprias sobre a superfície do balão, impelidas pela gravidade de outras galáxias. Este movimento localizado é independente da expansão do próprio espaço, o que significa que as galáxias podem vir a colidir.

Bogdan Kamenicky
Brno, República Tcheca

O universo todo está em expansão. Mas a gravidade assegura que nem toda a matéria está se afastando do centro. Veja a Terra em órbita do Sol. Metade de nosso tempo é gasto na viagem que nos afasta do centro do universo (onde quer e o que quer que ele seja) e a outra metade é o caminho de volta.

Steve Minear
Universidade Emory
Atlanta, Geórgia, Estados Unidos

Para lá ou para cá

Se você levar uma bússola para o espaço, quão longe da Terra precisará estar para que ela deixe de indicar o norte? Indo mais além pelo espaço, suponho que a bússola responda aos campos magnéticos do Sol ou dos planetas, mas como se deve interpretar esta leitura?

Ben
Tonbridge, Kent, Reino Unido

O campo magnético da Terra parece com um dipolo (forma como as limalhas de ferro se agrupam ao redor de uma barra imantada), embora o planeta gire em volta do eixo deste campo magnético para configurar uma forma tridimensional. Este dipolo alcança 60 mil quilômetros no espaço. Na superfície da Terra, usamos uma bússola em duas dimensões. No espaço, você deve usar uma "bússola" em três dimensões para mapear o campo magnético da Terra, que continuará indicando o norte.

Se formos mais além dos 60 mil quilômetros no espaço, em direção ao Sol, saímos da magnetosfera da Terra e passamos pelo vento solar, que também carrega consigo o campo magnético do Sol. Durante os períodos de calmaria solar, este campo tem o formato de uma espiral graças à rotação do Sol, mais ou menos como uma mangueira girando sobre sua cabeça, que cria uma espiral de água.

As medições de campos magnéticos são feitas pelas naves espaciais buscando entender como o campo magnético do Sol e seus ventos interagem com o campo magnético da

Terra. A aurora boreal, por exemplo, é criada pelos campos magnéticos do Sol e da Terra, que se interligam, permitindo que o plasma do vento solar penetre na atmosfera terrestre.

No lado oposto da Terra em relação ao Sol, o campo magnético da Terra é impelido por uma longa cauda devido à sua interação com o vento solar, normalmente de 7 milhões de quilômetros ou mais. A leitura de uma bússola ao longo desta cauda geomagnética apontaria tanto em direção à Terra quanto na direção oposta.

É interessante notar que, se deixarmos o sistema solar para além da "heliopausa", na qual o vento solar deixa de causar qualquer efeito, e viajarmos pelo espaço interestelar (a aproximadamente 150 unidades astronômicas da Terra), nossa bússola começará a medir o campo galáctico. Aí, nossas medições do campo magnético apontarão na direção da constelação de Pyxis, mais conhecida como Bússola.

Steve Milan
Leicester, Reino Unido

? Para Marte, vire à esquerda

Como andarilho e piloto, se desejo me deslocar do ponto A para o ponto B, posso me guiar por minha bússola e chegar lá. Qual o mecanismo usado por astronautas e robôs em viagens espaciais para assegurar que a nave está indo na direção certa?

Howard Arber
Hawthorn, Victoria, Austrália

Para a navegação, é necessário que você saiba onde está em relação ao seu destino final e como traçar uma rota para atingi-lo. Para fazer o mesmo no espaço, ser capaz de saber sua altitude é tão crucial quanto saber sua posição. Assim, a primeira coisa a fazer é encontrar e rastrear o Sol e uma determinada estrela distante e conhecida.

Sirius é um bom exemplo, mas está próxima ao equador celeste e, assim, algumas vezes fica oculta pelo Sol. Canopus é melhor: quase tão brilhante, e distante, ao sul, na esfera celeste, bem longe do Sol. Pela posição de cada uma das estrelas e do Sol, você poderá calcular sua altitude e localizar outros corpos celestes por radar, dados da torre de controle da missão ou por observação visual. Os giroscópios corrigem oscilações e detectam mudanças mínimas de altitude, enquanto os medidores Doppler o ajudarão a calcular sua velocidade.

No espaço, sabendo sua trajetória em relação às maiores massas do sistema solar, você poderá se dar ao luxo de navegar em vôo cego por milhões de quilômetros. Se for preciso lançar mão de foguetes para ajustar seu curso, se estiver perto de se chocar com algo, se necessitar fazer uma manobra para uma órbita precisa, terá que verificar seus dados com exatidão e fazer as correções.

Jon Richfield
Somerset West, África do Sul

As missões Apollo dependiam de radares baseados na Terra para determinar suas posições e alcances e, além do mais, usavam medidores Doppler para estabelecer suas velocidades radiais. As mudanças de curso eram computadas na Terra e transmitidas por rádio para a tripulação. Os números eram, então, inseridos nos computadores de bordo, que tomavam conta do acionamento de foguetes. Como medida de precaução, os astronautas eram treinados a se guiar pelas estrelas e calcular as mudanças de curso sem instrumentos. Até hoje tal procedimento não foi necessário, embora o computador não estivesse programado para um ajuste de curso durante o vôo da Apollo 13, o que fez com que os foguetes tivessem de ser controlados manualmente.

Alex Swanson
Milton Keynes, Buckinghamshire, Reino Unido

? Cadê a Lua?

Qual seria o efeito sobre a Terra se alienígenas viessem e roubassem a nossa Lua?

Steven Nairn
Edimburgo, Reino Unido

Se uma nave alienígena roubasse nossa Lua, iria deflagrar uma série de eventos devastadores, que terminariam com a vida na face da Terra.

A diferença mais imediata seria notada nas marés. Tanto o Sol quanto a Lua influenciam as marés na Terra, mas a influência lunar é dominante. Sem a Lua, o movimento das marés não passaria de pequenas marolas.

O próximo cataclismo seria a ocorrência de grandes oscilações no eixo de rotação da Terra, deslocando-o de sua posição, quase perpendicular ao plano eclíptico,* para uma posição paralela a ele. Estas oscilações provocariam grandes mudanças climáticas: quando o eixo apontasse diretamente para cima, cada ponto do globo receberia uma quantidade constante de calor durante o ano todo, e quando o eixo ficasse paralelo ao plano eclíptico, os terráqueos passariam seis meses do ano torrando sob um sol abrasador e outros seis tremendo de frio na superfície gelada do lado escuro da Terra.

A criatura que primeiro seria penalizada, entre tantas que sofreriam esta calamidade, seria o organismo marinho chamado náutilo. Este molusco vive numa concha elegante, formada por uma espiral perfeita, dividida em compartimentos. O náutilo vive no compartimento mais exterior da concha e a cada dia acrescenta uma nova camada ao seu redor. Ao final de cada mês, quando a Lua completa uma revolução ao redor da Terra, o náutilo abandona o compartimento que ocupa, fecha-o e se muda para um novo. Os cientistas descobriram que o número de camadas que fazem um destes compartimento está diretamente relacionado com o número de dias que a Lua leva para circundar a Terra. Retire a Lua e o náutilo ficará preso, fechado para sempre no mesmo compartimento, com saudades dos dias em que podia ter a esperança de se mudar para uma casa nova.

Andrew Turpin
New Moat, Pembrokeshire, Reino Unido

*Plano da órbita terrestre. (*N. do T.*)

A Lua e a Terra provocam efeitos gravitacionais uma na outra. Orbitam num ponto entre elas e, como um par, giram em torno do Sol. Se a Lua fosse subitamente levada por alienígenas, o seu empuxo desapareceria, desequilibrando a órbita da Terra. Isso a levaria para fora de sua órbita natural, numa direção que iria depender da posição em que a Lua estivesse no momento em que tivesse sido capturada. É provável que a órbita da Terra ficasse mais elíptica e nosso planeta se tornasse inabitável devido a temperaturas extremas e grandes mudanças climáticas.

Sabendo disto, devemos daqui para a frente reverenciá-la, pois não seríamos o que somos sem ela.

Hovick Boughosyan
Londres, Reino Unido

O fim das marés teria um efeito devastador nos ecossistemas costeiros. Os mangues, por exemplo, dependem das mudanças regulares das marés, que trazem os nutrientes. Haveria também mudanças nos padrões das correntes oceânicas, ocasionando enormes alterações climáticas.

A grande fonte de iluminação noturna também desapareceria. Imagine o quanto isso iria afetar o comportamento de todos os animais de hábitos noturnos e toda a sincronização desses hábitos associados às fases lunares. As corujas teriam mais dificuldades de caçar e os insetos de se acasalar, pois seus parceiros voam sempre em direção à luz da Lua.

Simon Iveson
Mayfield, New South Wales, Austrália

Para tranqüilizar muitos leitores nervosos que nos contataram, confirmamos que não temos nenhum conhecimento de um complô alienígena para nos tirar a Lua. Seria uma façanha bastante improvável, mesmo para civilizações com um senso de humor milhões de anos mais avançado do que o nosso. (N. do E.)

Bebidas no espaço

Dizem que a NASA está querendo produzir cerveja no espaço. A levedura não irá para o fundo nem flutuará como na bebida tradicional, e o dióxido de carbono produzido não virá à superfície. Desta forma, como a cerveja fermentará, e será que o produto final terá alguma semelhança com a cerveja produzida na Terra?

Roger Cryne
Oldham, Lancashire, Reino Unido

Realmente a NASA está interessada nas questões levantadas pela produção de cerveja num ambiente de baixa gravidade. Os cientistas que estudam a física das misturas gás-líquido gostariam de entender, por exemplo, o que acontece quando não há flutuação para trazer as bolhas à superfície de um líquido espumante, e as características da fermentação na microgravidade.

Dois ônibus espaciais, em separado, lançaram experimentos dedicados a estas questões. O primeiro investigou como a levedura se comporta na queda livre orbital — não só para ver se fabricar cerveja no espaço era possível, mas também para fornecer informações valiosas para a indústria farmacêutica interessada na biologia dos microrganismos em órbita.

A cerveja espacial fica, em essência, igual à que é produzida na Terra. A gravidade específica e o comportamento da levedura usada para produções subseqüentes de cerveja mostraram-se comparáveis às amostras de controle da Terra, embora a contagem total das células de levedura e a porcentagem de células vivas na amostra espacial fossem menores. A despeito disso, a fermentação foi muito mais eficiente e levantou a seguinte questão: é possível modificar o processo de fermentação, ou a própria levedura, para produzir o mesmo efeito na Terra?

A segunda experiência a bordo do ônibus espacial foi realizada pela Coca-Cola, com o intuito de testar um sistema de fornecimento do refrigerante num ambiente sem gravidade. O desafio era fornecer uma bebida borbulhante, que ainda conservasse o gás na solução até que o líquido todo fosse bebido. Como as bolhas não sobem num ambiente sem gravidade, as mudanças de temperatura, pressão ou mesmo a agitação física tendem a fazer com que a coisa toda acabe virando uma espuma pegajosa.

Um sistema de controle computadorizado ajustava a temperatura da bebida durante a mistura e, enquanto esta era servida, minimizava a agitação servindo o líquido numa bolsa dobrável colocada dentro de uma garrafa pressurizada. A pressão em volta da bolsa foi liberada gradualmente enquanto ela se enchia do líquido, de modo a mantê-lo sob pressão constante, evitando que o gás escapasse muito rápido da solução. O resultado final foi uma versão espacial do líquido borbulhante mundialmente famoso.

Daniel Smith
Bath, Avon, Reino Unido

Ter sido sem ser

Se a antimatéria tivesse prevalecido sobre a matéria depois do big bang, *nosso universo teria sido diferente do que é?*

San Hopkins
Por e-mail, sem endereço

Viver num universo onde a antimatéria tivesse predominado teria sido semelhante a viver como em nossa imagem num espelho. Não notaríamos qualquer diferença. Todas as cargas positivas seriam negativas e vice-versa, mas, para os estudiosos da física, num universo de antimatéria, os pósitrons orbitando núcleos carregados negativamente seriam tão naturais quanto os elétrons orbitando núcleos carregados positivamente no nosso universo.

Mike Follows
Willenhall, West Midlands, Reino Unido

Até o início de 1960, a resposta seria: "Tanto quanto temos condições de afirmar, não há razão para que tivesse sido diferente." Desde então, surgiram certas diferenças sutis entre matéria e antimatéria, e a resposta agora é:

"Provavelmente teria sido diferente, mas é cedo demais para dizer como e por quê." Ainda não sabemos por que a matéria prevaleceu em nosso universo. É mais provável que tenha sido por causa de alguma assimetria aleatória, mas também é possível que a antimatéria fosse instável nas circunstâncias que reinavam na ocasião.

Teria sido possível um universo de antimatéria com vida e tudo mais? Não temos como afirmar isso. O fato de a evolução biológica e estelar ser muito vagarosa em nosso universo material não significa que um universo mais veloz tenha sido impossível. Mesmo hoje, algumas pessoas sugerem que, nas reações hiperaceleradas dos quarks das estrelas de nêutrons, estruturas vivas com a complexidade de civilizações possam ter surgido e passado por nós num tempo que equivaleria a um piscar de olhos. Talvez o momento em que a antimatéria desapareceu tenha gerado mundos de vidas tão complexas como a nossa ou, considerando-se que a antimatéria é vista como se se movesse para trás no tempo, tal processo ainda nem tenha começado.

Jon Richfield
Somerset West, África do Sul

O que faz o seu correspondente tão seguro de que a antimatéria não tenha prevalecido?

Vilnis Vesma
Newent, Gloucestershire, Reino Unido

Nosso planeta

Escondendo a imundice

Será possível encerrar o lixo atômico em blocos de concreto e enterrá-lo numa zona de disjunção tectônica do magma terrestre para que fosse consumido de forma eficiente, deixando-nos livres dele para sempre? Se não, por quê?

Alec Pappas
Tempe, Arizona, Estados Unidos

A colocação do lixo atômico na zona de disjunção foi uma idéia proposta no início da história da energia atômica como solução para despachar o lixo radioativo. Outras idéias incluíam uma proposta séria de enterrar tonéis na neve da Antártida e deixá-los afundar na camada de gelo.

De fato, sua colocação numa zona de disjunção é perfeitamente plausível em teoria, mas traz grandes problemas de ordem prática. As zonas são instáveis e imprevisíveis por definição, e o sedimento da crosta oceânica sobre elas tende a ser fragmentado, mais do que carregado para dentro do magma, para formar o que se conhece por prisma acrescionário. Tal movimento acabará por levar o lixo comprimido de volta ao fundo do mar no futuro. Perfurar a crosta de basalto o mais fundo possível resolveria o problema, mas o azar é que as áreas mais profundas encontradas nas zonas de disjunção são impossíveis de perfurar.

Uma proposta mais elegante para o uso do fundo do mar é a de enterrar o lixo nas camadas profundas de calcário que cobrem as planícies abissais mais rasas e geologicamente mais estáveis. Tal façanha poderia ser conseguida perfurando-se buracos para a inserção de tonéis de lixo ou mandando os mesmos para o fundo do oceano em "penetrômetros", espécie de foguetes que usariam a energia cinética de sua descida para cravar-se a muitas dezenas de metros na camada mole de calcário. Apesar dos problemas, estes métodos têm a vantagem de colocar o lixo sob um ambiente impermeável, onde qualquer vazamento nocivo dos tonéis seria eficientemente absorvido pelas partículas da lama de calcário.

Nenhuma das possibilidades anteriores deve ser realizada em um futuro próximo, pois o despejo de lixo atômico no mar foi banido pela Convenção de Londres sobre Despejo de 1983, atualizada em 1993, com a inclusão de resíduos de baixo nível de contaminação.

Sam Little
Hale, Cheshire, Reino Unido

Pouca terra e muita água

Como os oceanógrafos conseguem determinar a quantidade média de água nos oceanos? Nos cálculos dos níveis dos mares, atualmente uma matéria de grande importância, eles determinam com precisão de centímetros se a água está subindo ou descendo. Com efeito, até num dia sem vento a água do oceano sobe e desce mais do que alguns centímetros devido à ação das ondas, sem falar das mudanças causadas pelas marés e pelos vagalhões.

Roger Sharp
Por e-mail, sem endereço

O fundo do oceano é mapeado usando-se satélites, que detectam as irregularidades mais graves. Como ele é estático, as medidas podem ser calculadas e usadas por um longo período com alto nível de precisão, infelizmente não no nível dos centímetros. De qualquer modo, saber a profundidade média do oceano não é realmente importante para medir o aumento do nível de água dos mares.

O nível do mar é aferido na costa por medidores de maré e, de forma global, por altímetros instalados em satélites. O medidor é do tipo flutuante, antigo, ou, então, um sensor acústico, ou ainda um radar. As mudanças súbitas das ondas conseguem ser desprezadas usando-se um medidor feito de um tubo vertical com uma abertura na parte de baixo de cerca de um décimo de seu diâmetro. O tubo mergulhado na água evita as diferenças de altura das ondas e permite medir as marés e as grandes ondulações.

Com os altímetros em satélites, o quadro é mais complicado, pois muitos ajustes devem ser feitos levando em conta a pressão e o vapor d'água contido na atmosfera e dissipado pelas ondas, além dos efeitos das marés. O processo é bastante complexo e os altímetros precisam ser calibrados com medidores de marés.

Tanto para os medidores de marés quanto para os altímetros em satélites, a chave para se atingir uma precisão milimétrica é o cálculo da média. Os satélites avaliam uma área de 7 quilômetros de diâmetro e, então, tiram a média dos dados obtidos tanto pelo satélite quanto pelos medidores no oceano. Deste modo, as marés, ondas, tempestades e mesmo o ciclo sazonal das marés são retirados dos dados, permitindo que a medida correta do nível do mar seja determinada.

O banco de dados global dos registros mensais médios das marés no Reino Unido é mantido pelo Serviço Permanente do Nível Médio do Mar. Tais dados mostram que durante o século passado o nível do mar elevou-se 2 milímetros por ano. Na década passada, a elevação foi de 3 milímetros por ano, mas é cedo para afirmar se esta é uma flutuação de nível temporária ou uma mudança definitiva.

Simon Holgate
Serviço Permanente do Nível Médio do Mar
Laboratório Oceanográfico Proudman, Observatório
Bidston, Prenton, Merseyside, Reino Unido

O nível do mar é medido usando-se medidores de marés em tubos dentro dos quais a água entra e fica protegida do movimento das ondas. Estes instrumentos medem apenas a altura relativa da terra e do mar, mas é bom lembrar que não só o mar muda de altura; a terra também se move como resultado de movimentos tectônicos ou outros processos naturais. Os medidores de marés nos portos mais importantes também são afetados pela urbanização, pois o peso das grandes cidades causa uma subsidência, um afundamento, que pode resultar num levantamento do nível do mar. A construção intensiva tem acelerado a remoção do lençol d'água de cidades como Adelaide, no sul da Austrália, fazendo-as afundar em relação ao nível do mar. Estes fatores fazem com que os altímetros em satélites sejam os instrumentos mais indicados para medições precisas do nível do mar.

Levando em conta as circunstâncias, parece quase um milagre que o nível do mar possa ter sido avaliado com uma elevação de 1,7 a 2,4 milímetros por ano, em conseqüência do aquecimento global. Este resultado se deve à expansão térmica da água e a uma pequena contribuição do derretimento do gelo das calotas polares.

Mike Follows
Willehall, West Midlands, Reino Unido

Usam-se altímetros por radar em satélites para se medir o nível do mar. Se a altitude do satélite é um dado conhecido, a profundidade do oceano pode ser medida com precisão de centímetros.

A média de várias órbitas sobre um mesmo ponto costuma ser usada para mapear mudanças que ocorrem em períodos curtos no nível do mar e que são provocadas por variações tais como aquecimento sazonal, vazantes de rios e evaporação. Durante um período longo, a média começa a mostrar mudanças no nível do mar causadas por fenômenos como a oscilação meridional e a oscilação do Atlântico Norte. A média de todas as órbitas sobre todos os oceanos, num dado período, apresenta uma medida global do nível do mar que mostra que ele está subindo cerca de 2,3 milímetros por ano.

Um dos aspectos mais importantes do mapa resultante das medições feitas nos níveis do oceano é que ele reflete as características do fundo do mar. A massa extra na forma das montanhas submarinas aumenta a gravidade e levanta ligeiramente a superfície do oceano. Uma depressão no fundo do mar abaixa o nível no ponto em que ela se encontra.

Altímetros em satélites levaram apenas poucos anos para mapear o fundo do oceano, até então desconhecido. Se fossem usadas as técnicas convencionais, demoraria uns cem anos para se fazer o mesmo trabalho. A informação que os mapas trouxeram é de valor inestimável. Por exemplo, os mapas feitos com altímetros serviram para identificar uma cratera de impacto, com 20 quilômetros de diâmetro, ao sul da Nova Zelândia. A detecção desta cratera, pelas técnicas dos instrumentos usados em navios, seria virtualmente impossível, além de extremamente cara.

Ted Bryant
Reitor Adjunto de Ciência
Universidade de Wollongong, New South Wales, Austrália

Profundezas azuis

Sempre acreditei que o mar fosse azul porque refletisse a luz do céu. Numas férias em Malta, o mar estava limpo e muito azul dentro de cavernas, onde não havia céu para ser refletido. O que causou esta cor?

Peter Scott
Norfolk, Reino Unido

A água do mar parece azul pela absorção de todos os comprimentos de onda de luz, exceto as ondas azuis, de comprimentos mais curtos, que são dissipadas. A atenuação da luz é causada pelas propriedades combinadas de absorção e dissipação de tudo que está na água, inclusive a própria água.

As mudanças na cor do mar devem-se, basicamente, às mudanças no tipo e na concentração de plâncton na água. Os oceanos tropicais são mais claros porque não apresentam sedimentos em suspensão e plâncton, o que contraria a equivocada crença popular de que as águas tropicais claras têm maior diversidade biológica. Na verdade, elas são virtualmente estéreis, se comparadas com os oceanos mais frios e ricos em plâncton das regiões temperadas. Nestes últimos, as partículas inorgânicas e a matéria dissolvida refletem e absorvem a luz e afetam a claridade da água.

Johan Uys
Bellville, África do Sul

O efeito é causado pela absorção seletiva da luz pelas moléculas da água, principalmente pelo oxigênio, que retira o vermelho final do espectro de luz visível. De maneira similar, as massas de gelo nos pólos e nos grandes icebergs parecem ser azuis.

Albert Day
Norfolk, Reino Unido

A reflexão da luz contribui para a cor azul do mar aberto, mas não é determinante. Mesmo a água mais pura é ligeiramente azul-esverdeada porque filtra o vermelho e o laranja contidos na luz. As impurezas da água do mar, sobretudo as substâncias orgânicas, afetam de forma drástica a sua aparência.

Em cavernas como as descritas, a luz que entra tem que passar por uma camada muito espessa de água do mar, diferente da claridade a que nos acostumamos ver. A forte absorção dos comprimentos de onda que não azuis e verdes intensifica o efeito etéreo. De fato, este tipo de luz contém tão pouco vermelho que a tripulação de um submarino submerso durante muitos dias, quando retorna à superfície, nota que tudo à sua volta parece, artificialmente, avermelhado.

Jon Richfield
Somerset West, África do Sul

O Lago Azul, perto do monte Gambier, no sul da Austrália, é sempre azul, com sol ou sem ele. O lago está situado numa área de calcário saturada de carbonato de cálcio. A cor provém da maior difusão da luz azul das partículas finas deste elemento em suspensão na água.

A água do mar é quase sempre supersaturada de carbonato de cálcio, mas o magnésio tende a impedir a sua precipitação. Isso ocorre quando a água do mar entra em contato com o carbonato de cálcio da calcita, tanto nas pedras quanto no solo. É possível que algo semelhante estivesse acontecendo nas cavernas de Malta.

Robert Gerritse
Wembley Downs, Western Australia

Selva de concreto

Seria possível calcular a área do Reino Unido que está ocupada por estradas?

Stephen Webb
West Mersea, Essex, Reino Unido

É difícil estimar a área das estradas por serem muito estreitas em comparação com o resto da área à sua volta e por terem, devido a isto, um nível de resolução muito baixo no mapa. Não tenho os números do Reino Unido, mas um estudo feito por mim e Anne Worrel usando pontos de aerofotogrametria da área da Grande Londres mostra que as ruas constituem 8,5%; as calçadas, 3,7%, e os estacionamentos, 5,1% daquela área. Cada um destes números tem uma margem de erro de menos de 1%. É interessante notar que em Londres a área destinada às ruas é maior do que qualquer outra categoria de uso do solo, perdendo apenas para os jardins suburbanos, que respondem por 19,3% da área. Os números relativos a todo o Reino Unido devem ser muito menores, dado que Londres tem uma grande área suburbana e, conseqüentemente, uma malha viária extensa.

Dave Dawson
Gerente de Estratégias de Biodiversidade da Greater London Authority, Londres, Reino Unido

A resposta imediata é que a selva de concreto das ruas cobre menos de 1% da área do Reino Unido. Este número torna-se insignificante quando nossa terra verde e agradável é vista pela janela de um avião.

Uma comunidade na Internet chamada Sabre (Society for All British Road Enthusiasts) trabalhou arduamente para chegar aos seguintes números: nossa melhor estimativa, obtida por meio de vários dados oficiais, algumas vezes conflitantes, é que há 425.121 quilômetros de vias públicas, compreendendo 3.589 quilômetros de auto-estradas, sendo 56.696 quilômetros de rodovias A (das quais 7.921 são de duas pistas), 32.850 quilômetros de rodovias B, 89.686 de estradas secundárias C e 242.300 quilômetros de estradas não-classificadas.

Considerando uma largura de 26 metros para as rodovias, 18 metros para as estradas de duas pistas, 12 metros para outras estradas, 8 metros para estradas B, 4 metros para estradas C e 3 metros para estradas não-classificadas, temos um total de 2.200 quilômetros quadrados de estradas. A área total do Reino Unido é de 241.590 quilômetros quadrados, portanto, cerca de 0,9% do território é ocupado por estradas. Um número maior, cerca de 1,3%, representa o acréscimo de cercas vivas e acostamentos. Esta medida é pouco representativa, pois os acostamentos que contribuem de maneira importante para o hábitat da vida selvagem e da biodiversidade não devem ser considerados estradas.

Biff Vernon
Membro do Comitê de Gestão
SABRE, Louth, Lincolnshire, Reino Unido

De acordo com as Estatísticas de Tráfego em Estradas da Grã-Bretanha de 2002, publicadas pelo Ministério dos Transportes, "a área total de terra coberta por todas as estradas da Grã-Bretanha em 2001 era de 3.300 quilômetros quadrados", o que representa cerca de 1,4% da área total do território.

Mais detalhes sobre esta avaliação em: www.dft.gov.uk/stellent/groups/dft_transstats/documents/page/dtf_transstas_023319.hcsp.

Tim Lovell
Bristol, Reino Unido

Os números fornecidos pelo Ministério dos Transportes na resposta de Tim Lovell incluem acostamentos e cercas vivas, o que torna o resultado similar ao encontrado nos números apresentados por Biff Vernon. (N. do E.)

Tempos diferentes

Sempre tive a impressão de que os equinócios caíam nos dias 21 de março e 21 de setembro, dividindo o ano em quatro partes iguais junto com os solstícios. No entanto, ouvi dizer que este ano o equinócio irá cair num dia que não o 21. A divisão das estações não é igual em relação à órbita da Terra ao redor do Sol? O que pode mudar isso?

Kingsly Richard
Toulouse, França

Os equinócios da primavera e do outono são definidos como as épocas em que o Sol está a pino ao meio-dia no equador local (em termos astronômicos, a época na qual o Sol cruza o equador celeste). Nos equinócios os dias duram o mesmo tempo que as noites em qualquer lugar no mundo. A data precisa dos equinócios varia ligeiramente; no hemisfério norte, o equinócio da primavera geralmente cai ou no dia 20 ou no dia 21 de março, e o equinócio do outono, no dia 22 ou 23 de setembro (no hemisfério sul, as datas são invertidas). Esta variação é devida aos anos bissextos e, por este motivo, há um deslocamento de um dia no calendário em relação às estações.

Os equinócios ocorrem em lados exatamente opostos da órbita da Terra ao redor do Sol, mas o interessante é que suas datas não dividem o ano em duas metades iguais. Considerando a média das datas dos equinócios e o tamanho médio do ano, o equinócio do outono cai 186 dias depois do equinócio da primavera. Já o equinócio da primavera ocorre 179,25 dias depois do equinócio do outono. Tal fenômeno acontece por que a órbita da Terra é elíptica e a maior proximidade do nosso planeta em relação ao Sol ocorre no início de janeiro. De acordo com a segunda lei de Kepler, que diz que uma linha unindo um planeta e o Sol varre áreas iguais em intervalos de tempo iguais, esta é a parte do ano na qual a velocidade angular da Terra em sua órbita é maior. Como resultado, a metade da órbita da Terra, desde o equinócio do outono ao da primavera, leva menos tempo para se completar do que a metade entre os equinócios da primavera e do outono, quando a Terra está mais longe do Sol e movendo-se mais devagar. Conseqüentemente, as 12 horas de dia claro da primavera e do verão duram quase sete dias mais no hemisfério norte do que no hemisfério sul.

Robert Harvey
Swindon, Wiltshire, Reino Unido

A suposição de que deve haver uma divisão exata das estações é incorreta. Ptolomeu, que viveu no ano 140 d.C., tentou explicar a desigualdade da duração das estações. Como mostro em meu livro *Astronomy: From the Earth to the Universe* [Astronomia: da Terra ao universo](www.solarcorona.net), os valores atuais mostram que a primavera dura 92 dias e 19 horas, o verão, 93 dias e 15 horas, o outono, 89 dias e 20 horas, e o inverno, 89 dias. Ptolomeu deduziu que a órbita do Sol ao redor da Terra, assumida como circular por razões então consideradas óbvias, não era centrada na Terra, ou que o grande círculo da órbita tinha um epiciclo.*

A explicação atual, graças a Johannes Kepler, em 1609, é que a órbita da Terra ao redor do Sol é elíptica e que a velocidade da Terra varia de acordo com a sua segunda lei. A Terra fica mais próxima do Sol (periélio) em janeiro e, por isso, move-se mais depressa no outono e no inverno, fazendo com que estas estações durem menos tempo.

Jay Pasachoff
Williams College, Massachusetts, Estados Unidos

Surfe vulcânico

Se eu tivesse que me salvar da lava de um vulcão com uma prancha de surfe, com que material ela deveria ser construída para resistir ao calor sem se derreter?

Ben Williams (6 anos de idade)
Bristol, Reino Unido

Pegue uma prancha de surfe velha, faça um monte de furos nela e conecte-os a um tanque cheio d'água colocado em cima da prancha. A água que escapa pelos furos irá criar o mesmo efeito que se pode observar quando se cospe sobre uma chapa de ferro quente: as gotículas de água

*No sistema cosmológico geocêntrico de Ptolomeu, pequena órbita circular que cada planeta descreveria. O centro dela se deslocaria ao longo de uma outra órbita circular, com movimento uniforme em torno da Terra. (*N. do T.*)

demoram um bom tempo dançando sobre a chapa antes de evaporar, porque estão separadas dela por uma camada fina de vapor, que é um mau condutor de calor.

Este mesmo efeito permitirá que você possa surfar na onda da lava, porque a prancha flutuará sobre a camada de vapor. O atrito entre a prancha e a lava será, virtualmente, igual a zero. Acho que este esporte tem a chance de ficar conhecido, internacionalmente, como *vaporboard*!

Radko Istenic
Ljubljana, Eslovênia

Uma prancha para surfar sobre a lava não deve ser, apenas, à prova de derretimento. Precisa também ser menos densa que a lava que está sob ela, garantindo o isolamento de seus pés.

Se você estiver preso no topo de um vulcão e precisar surfar para escapar, deverá usar materiais próprios do local. Felizmente os vulcões não produzem apenas lava, mas também materiais sólidos, que têm aproximadamente a mesma composição geológica que a lava, embora sejam menos densos e mais isolantes porque contêm bolhas de gás.

Uma prancha deste material, digamos, com 50 centímetros de espessura por 1 metro de largura e 2 metros de comprimento, flutuará na lava e, mais importante, irá derreter bem devagar. Penso que você poderia surfar uns 1.400 metros, ou mais, antes de precisar abandoná-la. Nesta ocasião, esperamos que você já tenha chegado a um lugar onde o chão esteja seco e fresco.

Contudo, se você souber com antecedência que precisará flutuar sobre a lava derretida, é melhor construir um barco de um material resistente ao calor ou de um material refratário que não derreta e dure mais tempo do que o necessário. As laterais do barco o protegerão melhor do calor irradiado pela lava do que uma prancha.

A temperatura da lava derretida fica em torno dos 1.400ºC, embora possa chegar a 1.650ºC, dependendo de sua composição química. Desta forma, o material indicado para fazer o barco é o concreto refratário isolante de alumina de alta pureza. Ele é feito de óxido de alumínio, que derrete em torno de 2.000ºC, e que provavelmente não irá reagir à lava derretida. Além disso, ele contém bolhas que o tornam menos denso e que permitem a flutuação garantida e um bom isolamento.

Para construir seu barco, cave um buraco no chão e use-o como molde, com a forma que deseja que seu barco tenha pelo lado de fora. Soque o fundo do buraco para torná-lo compacto e liso. Forre o molde com plástico e misture o concreto com pouca água para fazer uma pasta. Cubra o plástico com uma camada de 10 centímetros desta pasta. Modele o concreto com outra camada e encha a cavidade restante com água para compactar o concreto, enquanto o material trabalha. Espere secar uma semana e seu barco estará pronto.

Ross Firestone
Winnetka, Illinois

Se seu correspondente estiver preocupado apenas com o ponto de fusão, não terá grandes dificuldades. Tipos diferentes de lava derretem a temperaturas diferentes. O riolito, por exemplo, derrete a 900ºC, o dacito, a 1.100ºC, o andesito, a 1.200ºC, e o basalto, a 1.250ºC. O aço, que derrete a 1.400ºC, seria ideal, mas, para completa segurança, que tal o tungstênio, com uma temperatura de fusão de 3.422ºC?

Contudo, seus pés estariam expostos a um calor imenso, por isso seria melhor usar uma substância isolante, não-metálica, como as seguintes cerâmicas: Cr^2O^3, que derrete a 2.250ºC, e Al^2O^3, que derrete a 2.050ºC. Ambas isolariam seus pés, que ficariam bem protegidos.

Penso que nosso amiguinho de 6 anos de idade terá dificuldade em encontrar tais materiais, então sugiro que use a madeira do carvalho. Todas as madeiras, principalmente o carvalho, formam uma camada protetora depois de queimadas, que retarda uma combustão posterior. Ao projetar uma estrutura de madeira, deve-se sempre pensar em revesti-la com uma camada de um material à prova de fogo. As estruturas de madeira devem ser desenhadas em tamanho um pouco maior para garantir sua integridade em caso de incêndio. Uma chapa de aço fina revestindo o exterior da prancha a protegerá da abrasão, caso o surfista deseje voltar ao topo para repetir a façanha.

Malcolm Nickolls

Aylesbury, Buckinghamshire, Reino Unido

O problema não está só em se isolar do calor. Quando estive no Saara, vi aquelas lindas dunas de areia e pensei que seria divertido descer surfando por uma delas. Infelizmente a areia e a madeira não têm o coeficiente adequado de deslizamento e fica difícil deslizar, mesmo pelas dunas mais íngremes.

Para calcular o coeficiente de deslizamento, use tabelas e procure os números que correspondam a esquis encerados na neve. Minhas tabelas são um pouco antigas e não trazem números relativos à lava; assim, uma das primeiras tarefas de seu correspondente, se ele deseja ser um vulcanólogo, seria calcular esses coeficientes de atrito testando o comportamento de materiais diferentes para projetar o veículo e escapar da erupção em segurança.

O projetista deveria trabalhar bem rápido, com bastante precisão, para não ter uma carreira mais curta do que imaginava.

Peter Brooks
Cidade do Cabo, África do Sul

? Terra à vista

Se os oceanos da terra fossem diminuindo até desaparecer, não teríamos mais a linha da costa que divide a terra e água. E se, ao contrário, o nível dos oceanos subisse sem parar, o comprimento total da costa terrestre chegaria a zero quando as águas cobrissem o monte Everest. Num ponto qualquer entre esses dois extremos, deve existir uma faixa de litoral que seja a mais extensa de todas do planeta. Será que alguém sabe onde ela está em relação ao nível do mar de hoje e se estamos perto desta praia ideal para passar as férias?

Ben Cadoret
Sheffield, South Yorkshire, Reino Unido

O cálculo não é assim tão fácil. Como mostram as cartas a seguir, se considerarmos as massas de terra como simples cones, o litoral irá aumentar caso o nível do mar diminua. Se aceitarmos que a topografia atual é muito complicada, então a resposta se torna ainda menos clara. Finalmente, se medirmos o litoral com escalas progressivamente menores, teremos uma praia infinita! (N. do E.)

Muito mais do que a metade da superfície terrestre (cerca de 71%) é coberta pelos oceanos e mares. Desta forma, as massas de terra, embora grandes, devem ser consideradas como ilhas. As ilhas caracterizam-se por terem encostas surgindo das águas como um tronco de cone parcialmente submerso. Se o nível do mar for subindo, isso resultará numa diminuição do litoral, ou, se o oposto ocorrer, isto é, se houver uma baixa cada vez maior do nível do mar, a faixa litorânea irá aumentando cada vez mais.

Assim, o litoral total de cerca de 860 mil quilômetros só aumentará se houver uma diminuição no nível do mar. Este aumento continuará até um ponto em que oceanos e mares ocupem menos da metade da superfície da Terra. Aí eles serão considerados lagos. Os lagos são o inverso das ilhas e o comprimento do litoral decrescerá a cada diminuição sofrida pelo nível do mar.

Dado que a relação mar-terra não é de 50:50 em lugar nenhum e que a profundidade média dos oceanos é maior do que a altitude média das massas de terra, o nível do mar que forma a maior costa do mundo pode ser ainda mais baixo do que o nível de hoje. Talvez alguns quilômetros.

Para estabelecer o ponto em que o litoral atinge a máxima extensão possível, você terá de construir, no computador, um modelo complexo de toda a massa terrestre e da topografia do fundo do mar, que seria então usado para medir a extensão da costa.

Philip Graves
Londres, Reino Unido

Regiões costeiras onde o nível do mar é estável em relação ao nível da terra tendem a reduzir sua extensão porque as pontas de terra e as bordas das ilhas sofrem erosão. O sedimento desta erosão, somado ao das massas de terra trazidas pelos rios, vão enchendo as baías e os estuários e, assim, as ilhas começam a se juntar à terra sob a forma de bancos de areia ou costelas (tômbolos). Este processo é lento em locais onde a terra é composta por rochas duras e rápido em terrenos arenosos ou calcários.

O litoral quase reto de East Anglia, na costa leste da Inglaterra, é um bom exemplo, com os bastante assoreados estuários dos rios Bure e Yare e a erosão da costa planificando as pontas de terra. O mesmo não acontece nas costas do sudoeste da Escócia, onde o nível do mar é estável e a rocha é mais dura, dificultando que a erosão desgaste rapidamente a costa.

Mares cujo nível sobe muito (ou terras que afundam) criam litorais longos, irregulares, com vales inundados por rios, também chamados de rias.* A Cornuália do Sul e Devon, no sudoeste da Inglaterra, mostram bem este processo. Outras costas inundadas, como as ilhas gregas da costa da Dalmácia, também apresentam litorais longos. Mares baixos (ou terras altas) também criam litorais longos e irregulares, pois muitas rochas submarinas e bancos de areia emergem, o que pode ser constatado ao norte do mar Báltico.

Em geral, as mudanças nos níveis do mar, conhecidas como mudanças eustáticas, são causadas por alterações no clima global, que fazem com que o mar se expanda sob temperaturas mais quentes e o gelo sobre a terra derreta, aumentando o volume das águas dos mares. As mudanças nos níveis da terra (mudanças isostáticas) são causadas por movimentos da crosta terrestre. Estes dois efeitos às vezes se combinam. Uma mudança climática causa movimentos na crosta quando os blocos de gelo derretem deslizando terra abaixo, e, como conseqüência, a terra se eleva tanto quanto o peso que de cima dela foi removido. As erupções vulcânicas costumam alterar o nível da terra, e também o clima, pela emissão de CO_2 ou de cinzas, que aquecem ou resfriam o planeta, respectivamente.

*A ria é o resultado do recuo do mar, com a formação de cordões litorais. (*N. do T.*)

É provável que, com a quantidade atual de água no planeta, a extensão do maior litoral já tenha sido alcançada há alguns milhares de anos, no fim da última era do gelo. Os vales de rios em regiões que não são geladas ficaram mais baixos do que o nível do mar e desenvolveram rias longas e irregulares à medida que o mar se elevou. Desde então, muitas dessas rias encheram-se novamente, como na costa de Sussex, ao sul da Inglaterra.

Se você pudesse retirar água suficiente para baixar o nível do mar em mil metros, não haveria possibilidade da formação de uma ria, porque nenhum rio jamais correu tão baixo assim na Terra e, deste modo, não haveria vales para encher. De fato, haveria poucos rios depois disso, pois grande parte do interior continental, distante do mar, se tornaria deserto. Os litorais globais seriam menores do que os de hoje.

Da mesma maneira, se fosse possível colocar mais água para fazer subir o nível dos mares em mil metros, as massas de terra seriam muito pequenas, mesmo cobertas de rias, e os litorais seriam menores do que são hoje. E as rias, neste mar de nível tão alto, seriam mais curtas, porque os rios elevados acima da superfície do mar atual tenderiam a formar margens abruptas.

Hillary Shaw
Universidade de Leeds, Reino Unido

Uma resposta é que o litoral tem a mesma extensão qualquer que seja a profundidade da água sobre a superfície da Terra. Imagine medir a linha da costa usando uma régua. Coloque ambas as extremidades da régua na beira d'água, onde esta encontra a areia. Observe que, mesmo que a água esteja parada, ela avança e recua em relação à linha reta da régua. Vemos, então, que, usando a régua, teríamos uma estimativa incorreta da extensão do litoral.

Agora divida pela metade a régua usada e faça a mesma coisa. A medição será mais correta, embora a água continue a avançar e recuar em relação à linha reta da régua. Este comportamento fractal nos mostra quão variáveis são as estimativas do comprimento do litoral. Se continuarmos diminuindo o tamanho da régua até que ela seja tão pequena quanto um grão de areia, ao aproximarmos nosso olhar, observaremos a água avançando e recuando em relação a ela. Este movimento faz com que as estimativas do comprimento se tornem cada vez maiores e que a mais aperfeiçoada medição do comprimento de qualquer litoral seja quase infinita.

Peter Webber
Exmouth, Devon, Reino Unido

Alegria dos pingüins

Por que o Pólo Sul é mais frio que o Pólo Norte?

T. P. Ladd
Mirfield, West Yorkshire, Reino Unido

A diferença de temperatura entre os dois pólos é explicada tendo-se em conta as diferenças em suas elevações. O Pólo Norte, com temperaturas nos meses de inverno de cerca de -30ºC, situa-se na calota de gelo sobre o mar do Oceano Ártico, enquanto o Pólo Sul, com cerca de -60ºC, situa-se 2.800 metros acima do nível do mar sobre o gelo do continente antártico.

A variação da temperatura em relação à altitude (um acréscimo de cerca de -6ºC por quilômetro na Antártida) é responsável por mais da metade desta diferença. Da mesma forma, a atmosfera mais "fina" (mais fria, seca e com menos nuvens) sobre o Pólo Sul reflete menos calor para a superfície do que a do Pólo Norte. As diferenças de temperatura também podem ser explicadas pelos regimes contrastantes da circulação atmosférica dos dois hemisférios.

Os continentes do hemisfério norte emitem "ondas planetárias"* quase estacionárias na atmosfera. Estas ondas levam calor aos pólos e "guiam" depressões de médias-latitude às regiões do Pólo Norte. Os continentes do hemisfério sul são menores e mais baixos do que os do norte, e as ondas planetárias que emitem (associadas ao calor que transportam) são menores.

As altas montanhas da Antártida também bloqueiam o movimento polar das depressões de média-latitude, que raramente penetram no interior do continente. Para finalizar,

*Onda de temperatura de movimentação lenta, gerada na troposfera por contrastes das temperaturas dos continentes e dos oceanos. (*N. do T.*)

a atmosfera do Pólo Norte recebe um pouco de calor do oceano Ártico subjacente. Embora o calor conduzido pelos 2 ou 3 metros de gelo que cobrem o oceano seja pouco, uma boa quantidade de calor passa entre as brechas de mar aberto que surgem ocasionalmente no gelo flutuante.

John King
British Antarctic Survey, Cambridge, Reino Unido

Curiosidade delirante

Ouvi certa vez que, se a Terra fosse encolhida e ficasse do tamanho de uma bola de squash, ela seria mais lisa do que a bola. É verdade? E se o inverso acontecesse e a bola se expandisse até ficar do tamanho da Terra, que altura teriam as montanhas?

Por e-mail
Sem nome ou endereço

Para responder a esta pergunta intrigante, devemos primeiro estabelecer a relação pela qual iríamos encolher a Terra, de modo a reduzi-la ao tamanho de uma bola de squash. A Terra tem 12.756 quilômetros de diâmetro no Equador, e uma bola oficial de squash tem 4,4 centímetros. Para encolher a Terra até que ela fique do tamanho da bola, temos de multiplicar seu tamanho por $3{,}45 \times 10^{-9}$. Para comparar a suavidade das duas superfícies, temos de conhecer suas variações, ou seja, a diferença entre os pontos mais altos e mais baixos.

Numa bola de squash, este processo seria bem simples, pois em sua superfície há poucas áreas altas e muitas depressões. Como as depressões da bola medem aproximadamente 0,1 milímetro de profundidade, consideremos a variação na altura da superfície como 0,1 milímetro, ou 10^{-4} metros.

Na Terra, o ponto mais baixo é um lugar chamado Abismo Challenger, na fossa do arquipélago das Marianas, que está 11.034 metros abaixo do nível do mar. O ponto mais alto é o monte Everest, como todos sabem, com seus 8.848 metros acima do nível do mar. Portanto, a variação de altura na Terra é de 19.882 metros.

Se diminuíssemos a Terra até que ela ficasse do tamanho de uma bola de squash, usando o multiplicador anterior, a variação de altura em sua superfície seria de $6,86 \times 10^{-5}$ metros, ou 0,0686 milímetro. Este número é cerca de dois terços do encontrado para a bola de squash, donde se conclui que o que seu correspondente ouviu é a pura verdade. Se a Terra pudesse encolher tanto assim, seria mais lisa que a bola oficial usada neste esporte.

Estabelecida a relação de tamanho, passemos à segunda parte da resposta. Faltam protuberâncias na bola de squash, mas ela apresenta depressões em sua superfície. Assim, se a bola fosse expandida para ficar do tamanho da Terra, não haveria montanhas como as conhecemos.

É bem possível que, em vez disso, aparecessem crateras bem grandes. Se expandíssemos as depressões da superfície da bola, teríamos depressões imensas, de cerca de 29 quilômetros de profundidade.

Se estas depressões fossem abismos oceânicos, como os encontrados na superfície da Terra, penetrariam na camada de 6 quilômetros de espessura da crosta oceânica estendendo-se até a descontinuidade Mohorovicica, onde a crosta encontra o magma e mergulha sobre ele. Tais crateras não seriam apenas profundas, mas teriam até 60 quilômetros de largura.

Tim Kelby
Irthlingborough, Northamptonshire, Reino Unido

Se a massa da Terra fosse comprimida para que ficasse do tamanho de uma bola de squash, sua densidade seria suficiente para transformá-la num neutrônio ou num buraco negro.

No caso de virar um neutrônio, a gravidade na superfície seria pelo menos um milhão de vezes maior do que a que temos agora, mais do que suficiente para tornar lisas quaisquer irregularidades na superfície. No caso de se tornar um buraco negro, não haveria sequer uma superfície, mas apenas um horizonte, que seria completamente liso.

Expandir a bola para torná-la do tamanho da Terra é um caso diferente. Partindo do princípio de que a bola é feita de átomos de carbono e pesa 1 quilo, haveria apenas 22 átomos por centímetro cúbico. Acredito que esta densidade seja menor do que a atmosfera superior da Terra em seu limite com o espaço exterior.

Stephen Forbes
Leeds, West Yorkshire, Reino Unido

? Equilíbrio real

É verdade que a Grã-Bretanha está afundando no sul e erguendo-se no norte? Em caso positivo, por que isso está acontecendo?

Dave Valentine
Edimburgo, Reino Unido

Sim, é verdade. Este é o resultado de um processo chamado reflexo isostático. Desde a última era glacial, uma grande massa de gelo foi removida do norte da Grã-Bretanha. Como a crosta da Terra não é rígida, mas ligeiramente elástica, ela responde gradualmente à adição ou à remoção de peso sobre si, afundando ou erguendo-se.

Este ajuste demora milhares de anos. Se for removida da crosta terrestre uma camada de 300 metros de espessura de rocha, a terra irá se erguer 200 metros, da mesma forma que um barco se ergue na água ao se retirar carga de dentro dele. O gelo tem uma densidade cerca de um terço menor do que a crosta rochosa. Assim, se removermos 300 metros de gelo, a crosta se elevará em cerca de 60 metros.

A Escandinávia e a Escócia já estiveram sob uma camada de gelo de 300 metros durante a era glacial. A elevação é mais acelerada no norte do Báltico, onde continua a se erguer quase 1 metro por século. Comprovação fácil de ser observada durante o espaço de uma vida humana. A baía de Hudson no Canadá passa por uma experiência semelhante. Na Grã-Bretanha, o processo é mais rápido no nordeste da Escócia, onde se observa a existência de costas elevadas vários metros acima do nível do mar.

Então, por que o sul da Inglaterra está afundando? Primeiro, o peso do gelo empurrou para cima a crosta das áreas adjacentes que não tinham gelo, da mesma forma que um colchão d'água pressionado para baixo fará levantar suas áreas adjacentes. Este processo agora está agindo em sentido contrário: as regiões que foram levantadas no sul da Inglaterra e no sul do Báltico estão afundando.

Segundo, o nível do mar está se elevando em todo o planeta. Houve um momento em que ele subiu tão rápido que as placas de gelo sobre a Escócia derreteram. Hoje o aquecimento global está arriscado a provocar o derretimento das geleiras e a despejar mais água nos oceanos. Se a temperatura dos oceanos se eleva, a expansão térmica também eleva seu nível.

Assim, o sul da Inglaterra leva dois golpes — afundamento da crosta e levantamento do nível do mar. Se não houvesse a elevação do nível do mar, a linha entre as partes que afundam e as partes que estão sendo levantadas passaria entre Gales e Yorkshire. Por causa do nível do mar mais elevado, a linha está passando mais ao norte, perto da fronteira da Inglaterra com a Escócia.

Em relação à possibilidade de Londres ser invadida pelas águas do mar, a cidade está ameaçada de cinco golpes. Considerando os dois mencionados anteriormente, há ainda outros três. Primeiro, o vale do Tâmisa é sinclinal, ou seja, é uma área de disjunção local da crosta. Em segundo lugar, descobriu-se que a água extraída até recentemente do subsolo de Londres estava causando um afundamento ainda maior. E, para completar, a forma afunilada do mar do Norte tende a formar ondas de altura cada vez maiores, que entram pelo estuário do Tâmisa.

No final, tudo resulta num fato sem escapatória: o baixo Tâmisa não é um bom lugar para abrigar uma grande cidade.

Hillary Shaw
Scunthorpe, North Lincolnshire, Reino Unido

Enquanto afundamos, o mar se ergue para nos invadir. A expansão térmica dos oceanos também está aumentando a profundidade do mar em cerca de 3 milímetros por ano.

Aqui em Essex, no extremo sudeste da Grã-Bretanha, o efeito resultante do afundamento causa um acréscimo de 6 milímetros por ano no nível do mar. Esta constatação tem trazido grandes preocupações aos conservacionistas, proprietários de terras à beira-mar e encarregados de manter barreiras de proteção.

Chris Gibson
Encarregado de Conservação
English Nature, Colchester, Essex, Reino Unido

? Viajando na onda

Depois de saborearmos duas garrafas de vinho, eu e minha mulher nos perguntamos se as pedras que estávamos atirando no Mediterrâneo, no porto de

Ciutadella, em Menorca, criariam ondas suficientes para chegar às praias da América do Norte. Ela dizia que as marolas não teriam como passar pelo estreito de Gibraltar, cruzar o Atlântico, enfrentar outras ondas e o atrito do fundo do mar, além das tempestades. Eu disse que, até encontrarem uma praia, as ondas são virtualmente infinitas. Quem está certo?

Dave Johnstone
Hounslow, Middlesex, Reino Unido

Sua mulher está com a razão. As ondas que se movem num fluido não são infinitas. Elas perdem energia porque o movimento da água para cima e para baixo vai enfraquecendo sua força devido à viscosidade.

Além disso, como a onda se espalha, sua energia é distribuída sobre um perímetro cada vez maior, causando uma queda na densidade de sua energia até que esta se torna imensurável. As ondas que se deslocam em águas profundas não provocam um grande deslocamento e, por isso, a taxa de dissipação de energia é relativamente baixa. Pelo mesmo motivo, os tsunamis chegam a atravessar distâncias imensas antes de acontecer o pior. O curioso é que tanto numa poça rasa quanto nas águas pouco profundas, como as do mar Mediterrâneo, a energia se dissipa com muito mais rapidez.

Simon Iveson
Pembangunan National Veteran University, Indonésia

As marolas se espalham em círculos concêntricos cada vez maiores. Supondo-se que a altura da marola seja diretamente proporcional à energia que a cria e sustenta, e que não haja perdas pelo atrito, sua altura é inversamente proporcional ao seu raio. Isso só acontece porque a energia, em qualquer ponto da marola, tem de ser dividida pela circunferência total do círculo que se expande continuamente.

Desta forma, quando a marola passar pelo estreito de Gibraltar, a mil quilômetros de distância, seu raio terá aumentado um milhão de vezes e sua amplitude será um milhão de vezes menor do que quando ela tinha um raio de apenas 1 metro. Uma marola de 10 centímetros de altura terá imperceptíveis 100 nanômetros ao deixar o Mediterrâneo.

Em princípio, as marolas passam através de outras ondas sem problemas. Mas se o correspondente espera que sua marola se quebre nas costas americanas a cerca de 6.500 quilômetros, ao chegar lá ela terá apenas 10 nanômetros de altura, ou seja, algo como cem átomos. Mesmo esta altura acabará por não ser alcançada devido ao atrito com o ar e à viscosidade da própria água. Para complicar ainda mais as coisas, o estreito de Gibraltar não está em linha direta com Ciutadella e, desta forma, a marola teria de ser refletida pelo norte da África ou por algum navio que estivesse em seu caminho, o que acabaria causando uma grande perda de energia.

As ondas têm uma poderosa fonte de energia — o vento — que as sustenta. As marolas vindas de uma pedra atirada na água teriam que sobreviver com a pequena energia produzida. Para piorar as coisas, a proporção de perda de sua energia é inversamente proporcional ao seu comprimento. Assim, com um comprimento tão pequeno, suas marolas perderiam rapidamente a pouca quantidade de energia com a qual haviam começado. Por outro lado, um tsunami como o que causou o grande desastre no oceano Índico em 2004 é criado pela liberação de uma quantidade enorme de energia, resultante de eventos como terremotos submarinos. Eles têm ondas com o comprimento normal de 500 quilômetros, portanto, perdem muito pouca energia até que encontram a costa. Em águas profundas, deslocam-se mais rápido do que um avião a jato, mas com uma altura de 1 metro ou pouco mais, passam imperceptíveis pelos navios. Porém, quando encontram águas rasas, eles diminuem a velocidade e crescem, alcançando muitos metros de altura e, às vezes, invadindo a terra, numa escala semelhante à de uma pedra atirada numa poça d'água.

Mike Follows
Willenhall, West Midlands, Reino Unido

Você já viu as ondas num lago parado sumirem rapidamente depois que se joga uma pedra na água? A viscosidade da água irá amortecer sua onda inicial e ela acabará morrendo antes de chegar ao estreito de Gibraltar, a menos que você atire uma pedra gigantesca.

Morton Nadler
Blacksburg, Virgínia, Estados Unidos

Mesmo que uma onda inicialmente circular não encontre qualquer praia, a altura de sua crista diminui na proporção inversa da raiz quadrada da distância de sua origem.

Inicialmente, a onda inteira formada por uma pedra pequena atirada na água apresenta um padrão circular. Mas este padrão será quebrado se os segmentos da onda tiverem reflexos em várias praias, em diversos ângulos e em tempos diferentes.

Se a praia for muito rasa e arenosa, ou lamacenta, praticamente toda a energia dos segmentos de onda que lá cheguem estará pronta para ser absorvida, não havendo reflexão significativa. A reflexão quase perfeita, numa única direção, sem perda significativa de energia, é conseguida se a onda bater contra algo como um rochedo liso em água profunda. Mas se o perfil do rochedo no nível da água for quebrado, e não liso, na mesma escala da crista da onda, esta também se tornará quebrada, com fragmentos sendo refletidos em direções diferentes.

Vendo mapas detalhados do Mediterrâneo, fica claro que nenhum segmento de onda originada de uma pedra atirada na água do porto de Ciutadella, em Menorca, chega a alcançar o estreito de Gibraltar e o oceano Atlântico sem primeiro atingir um bom número de praias, onde terão algum reflexo.

Outro fator é o vento. As ondas de superfície são criadas pelo vento. Se uma onda foi criada por uma pedra atirada na água e se desloca na mesma direção do vento, vai se tornando cada vez maior. Mas um vento forte é capaz de deformá-la, fazendo com que perca sua identidade.

Parece pouco provável que qualquer parte significativa da onda original feita pela pedra atirada no porto de Ciutadella chegue ao estreito de Gibraltar, muito menos à América do Norte. Mas gostei da pergunta espirituosa.

Patrick Johnson

Portland, Oregon, Estados Unidos

Mistérios do clima

Ora bolas

No inverno passado, de férias na Escócia, descobri que era impossível fazer bolas com a neve recém-caída. O dia estava extremamente frio e a neve que eu comprimia não formava uma bola sólida, como normalmente acontece. Um amigo meu teve a mesma experiência nos Alpes. Qual a razão disto?

Morag Challenor
Dundee, Reino Unido

Não é surpresa que esta pergunta chegue de alguém do Reino Unido. Ninguém do Canadá ou do norte dos Estados Unidos escreveria dizendo que a neve não se juntava "como normalmente acontece", impedindo o ato de fazer bolas. Todas as crianças canadenses e do norte dos Estados Unidos sabem que algumas vezes a neve está boa para fazer bolas e outras vezes, não.

Das lembranças de minha infância nos Estados Unidos, a oscilação da temperatura é a causa mais importante.

Quando a temperatura do ar está um pouco abaixo do ponto de congelamento, que é quando a neve costuma cair no Reino Unido, molhada e em flocos grandes, fica boa para formar bolas compactas. Quando está bem frio, digamos, a cerca de –20°C, a neve é geralmente seca e esfarelada, não sendo boa para ser compactada. É possível que a umidade da neve determine a quantidade de gelo que se forma sob pressão das mãos de quem está fazendo a bola, e é este gelo que faz os flocos de neve grudarem-se uns aos outros.

Um amigo meu que também cresceu nas partes frias da América do Norte me lembrou de que, quando a temperatura está bem acima do ponto de congelamento, as bolas de neve simplesmente desmancham ao serem feitas. Portanto, há uma faixa de temperatura adequada para juntar a neve e fazer bolas, e a neve que cai no Reino Unido está dentro desta faixa.

Bob Ladd
Edimburgo, Reino Unido

Apenas a neve molhada contendo até 50% de água em estado líquido presta para fazer bolas, e é necessária uma temperatura próxima do ponto de congelamento.

Em 1842, Michael Faraday apresentou a tese de que a neve molhada tinha uma camada fina de água sobre as partículas de gelo que era responsável por mantê-las unidas. Ele levantou dois blocos de gelo de um banho de água congelada para demonstrar que mantê-los um em contato com o outro era suficiente para que se juntassem num só bloco.

Lorde Kelvin tinha uma explicação diferente. Comprimindo-se uma bola de neve com as mãos, as pontas dos cristais de gelo entram em contato. Embora as mãos não exerçam grande pressão, esta é suficiente para fazer com que as pontas afiadas dos cristais de gelo derretam. No momento em que a pressão é relaxada, a água congela novamente. Contudo, quanto mais fria a neve, maior a pressão necessária.

Hoje em dia, nosso conhecimento sobre as superfícies está mais desenvolvido. As moléculas de água na superfície das partículas de gelo não têm qualquer ligação com o ar do exterior e, por causa disso, têm excesso de energia. Esta energia é reduzida quando duas superfícies se juntam, como Faraday observou.

Mas se fosse possível resumir a questão, concluiríamos que podemos fazer bolas de neve a temperaturas bem abaixo do ponto de congelamento. Mas justamente em temperaturas muito baixas, os flocos de neve que caem em todas as formas e tamanhos não se agregam num único bloco. Quando as temperaturas ficam próximas do ponto de congelamento, as moléculas da água têm maior mobilidade e se deslocam sobre a superfície para preencher as falhas entre os flocos vizinhos, juntando-se a eles de uma forma melhor. Com uma área de contato maior entre os flocos, eles se aglutinam com facilidade.

Mike Follows
Willenhall, West Midlands, Reino Unido

Perdendo o rumo

No romance Moby Dick, *o navio baleeiro enfrenta um tufão a sudoeste do Japão e é dominado por trovões, raios* *e fogo-de-santelmo.* Passada a tempestade, descobre-se que o magnetismo da bússola do navio está invertido. O autor, Herman Melville, explica que esta inversão da bússola "já aconteceu em mais de um navio em tempestades violentas", e, quando isto acontece, o magnetismo do ponteiro da bússola fica completamente desnorteado. Isto é verdade ou ficção, e, se for verdade, como é que acontece?*

Alan Sloan
Buxton, Derbyshire, Reino Unido

A afirmação de Herman Melville é completamente plausível. Os raios carregam altas correntes elétricas associadas a altos campos magnéticos. Eles remagnetizam afloramentos de rochas de alta-coercitividade (alta resistência ao efeito de um campo magnético aplicado). Correntes acima de 10 mil ampères foram deduzidas das magnetizações de rochas. Os campos magnéticos associados a tais correntes podem desmagnetizar ou, de modo inverso, magnetizar a agulha de uma bússola.

Alan Reid
Leeds, West Yorkshire, Reino Unido

*Chama azulada que, sobretudo por ocasião de tempestade, surge no topo dos mastros dos navios, produzida pela eletricidade. (*N. do T.*)

Um campo elétrico em movimento irá induzir um campo magnético, e uma descarga elétrica como a de um raio pode fazer com que a agulha de uma bússola perca ou inverta seu magnetismo.

Quem faz a pergunta esqueceu de mencionar que o capitão Ahab improvisou uma bússola nova a partir de uma agulha de costura usada para remendar as velas do navio, magnetizando-a. Isto se baseia em um fato. Eu experimentei este fenômeno mais de uma vez deixando cair, acidentalmente, tenazes usadas para manusear amostras metalúrgicas. A queda foi suficiente para magnetizá-las.

Materiais ferromagnéticos possuem propriedades magnéticas microscópicas, que, ao serem orientadas em direções aleatórias, produzem um estado de desmagnetização. Alinhando estas propriedades numa mesma direção, o material volta a ser magnetizado. Em alguns casos, um golpe brusco pode criar energia suficiente para produzir este fenômeno.

Roger Ristau
Instituto de Ciência dos Materiais
Universidade de Connecticut, Storrs, Estados Unidos

Arte no gelo

Em manhãs frias, o gelo nas vidraças e nos pára-brisas dos automóveis formam padrões que parecem folhas, ramos e galhos. Como acontece isto?

Bob Clarke
New Minas, Nova Escócia, Canadá

Acordar pela manhã com os vidros das janelas congelados está se tornando coisa do passado graças ao isolamento com vidros duplos e ao aquecimento central. Mas se sua casa ainda tem vidros simples, você verá desenhos de galhos no gelo congelado nas janelas nas manhãs de inverno.

Os vidros perdem calor rapidamente em noites frias, resfriando as moléculas de vapor d'água do ar próximas. A temperatura das moléculas da água do ambiente pode cair para abaixo de 0ºC sem que congelem. Mas, assim que este vapor d'água super-resfriado toca a superfície do vidro, transforma-se imediatamente em gelo, sem passar pelo estágio líquido.

Arranhões diminutos na superfície do vidro coletam moléculas em quantidade suficiente para formar um cristal matriz, a partir do qual se formam padrões intrincados. Vista bem de perto, a superfície do cristal é áspera, com muitos prolongamentos conectores químicos em suspensão. As moléculas de vapor d'água prendem-se a essas superfícies ásperas, permitindo uma rápida multiplicação de cristais. A estrutura das formas elaboradas como galhos depende tanto da temperatura e da umidade do ar quanto da limpeza do vidro. Quando o ar está seco, as moléculas de água se condensam vagarosamente e formam grupos de hexágonos regulares. Os seis lados retos desses cristais são relativamente lisos, com poucos prolongamentos conectores, o que faz com que as moléculas de vapor d'água tenham dificuldade de se agrupar.

Padrões com a forma de penas são mais prováveis de aparecer em janelas limpas e quando o ar está mais carregado de moléculas d'água. Sob estas condições, muitas moléculas de vapor d'água bombardeiam o cristal matriz, não havendo tempo para que se formem os hexágonos regulares. Em vez disso, as moléculas prendem-se nos prolongamentos conectores que saem das protuberâncias no cristal, o que faz com que elas cresçam mais depressa. Essas protuberâncias chegam a crescer, formando grandes ramos, que, por sua vez, adquirem a forma de folhagem rendada. (N. do E.)

Nas nuvens

Seria possível calcular quanta água contém uma nuvem que observamos no céu? Podem o tamanho ou a cor influenciar de algum modo? Se for possível calcular este volume, como é que se faz? — pois quero impressionar meus amigos. Se não for possível, existe algum método científico para se fazer este cálculo?

James Down
Hemel Hempstead, Hertfordshire, Reino Unido

Como está explicado a seguir, há um método aproximado para você impressionar seus amigos e um método para cálculo exato, mas para o qual você vai precisar de um sistema de radar Doppler e de uma verba polpuda do governo. (N. do E.)

A quantidade de água numa nuvem não é diferente da quantidade de água no ar em volta dela. O ar contém vapor d'água. Para formar uma nuvem, é preciso que o ar fique saturado desse vapor e que ele se condense. A diferença entre esses dois estados é causada pela diferença de temperatura, e não pela quantidade de água.

A cor da nuvem não faz muita diferença. Em sua parte mais alta, a água fica condensada em cristais de gelo. Na parte mais baixa, ela é uma mistura de gelo e de água em estado líquido. A cor da nuvem depende mais do gelo, da sua mistura com a água e do tamanho das gotículas que a formam do que da quantidade total de líquido que contém.

A estimativa do conteúdo de água numa nuvem é obtida pela avaliação da quantidade de chuva que a nuvem pode produzir (veja o livro *The Nature of Light and Colour in the Open Air* [A natureza da luz e da cor ao ar livre], de Marcel Minnaert's)

Se toda a atmosfera fosse saturada de água e desabasse de uma só vez, produziria uma precipitação de uns 35 milímetros, enquanto as nuvens mais espessas produzem uma precipitação de 20 milímetros.

Os aguaceiros chegam a produzir cerca de 50 milímetros, mas precisam de uma umidade adicional criada pela atmosfera circundante, o que significa que esses eventos são restritos a uma área específica.

Os aguaceiros mais pesados seguem mais ou menos a seguinte equação: a quantidade da chuva em milímetros é igual a 6,5 multiplicado pela raiz quadrada do tempo em minutos que dura a chuva. Um temporal normal produz poucos milímetros de chuva, à razão de cerca de 0,1 milímetro por minuto. Um minuto de chuva normalmente corresponde a mil metros cúbicos de água, pesando mil toneladas por quilômetro cúbico de nuvem, embora as nuvens mais espessas possam conter 20 vezes mais água.

Você também descobrirá a quantidade de água se souber calcular o volume da nuvem. Em relação ao volume, a fração da nuvem que contém água é de cerca de um milionésimo, ou 0,0001%. A área da secção da nuvem deve ser medida pela sua sombra. Uma nuvem pequena de 500 metros de comprimento por 500 metros de largura e com 100 metros de altura tem um volume de 25 milhões de metros cúbicos, dos quais aproximadamente 25 metros cúbicos são de água, pesando 25 toneladas. Mesmo que você não possa calcular com precisão a quantidade de água, esses números impressionarão seus amigos.

Albert Zijlstra
Departamento de Física
UMIST, Manchester, Reino Unido

Infelizmente, apenas olhando para uma nuvem não se pode ter uma informação precisa sobre a quantidade de água que ela armazena. A cor da nuvem depende de sua posição em relação ao observador e de sua estrutura física. Seu tamanho aparente depende de sua altitude, o que é muito difícil de julgar de um único ponto de observação.

Mas saber exatamente a quantidade de água contida numa nuvem é importante para fazer previsões de tempo corretas. No Reino Unido, temos sorte de ter instituições sofisticadas, como o Conselho do Laboratório Central do Observatório de Pesquisa Chilbolton (www.chilbolton.rl.ac.uk/camra.htm). Esta instituição usa o radar Doppler.

A escolha da freqüência para o feixe do radar é muito importante. Se o feixe for muito forte para interagir com a água da nuvem, tanto para refletir quanto para atenuar o sinal, o radar terá uma capacidade limitada de penetrar na estrutura da nuvem. Se a interação com a água for fraca, nenhuma informação útil será enviada de volta à Terra.

As instalações de Chilbolton têm capacidade para analisar e extrair uma enorme quantidade de dados de uma área com alcance máximo de 160 quilômetros e nos fornecer informações sobre a densidade das gotículas, seu tamanho, sua velocidade e o quanto contêm de água ou de gelo.

Usando essa ferramenta, o leitor conseguirá descobrir, com precisão razoável, o total de água contido numa nuvem e, por sua estrutura, saber a probabilidade de a chuva começar a cair. Essa técnica tem-se demonstrado muito útil nos campeonatos de tênis em Wimbledon, que se tornaram famosos por interrupções causadas por aguaceiros.

Radares como esses auxiliam a produzir informações detalhadas sobre o tempo, desde rastrear furacões até ajudar na produção do boletim meteorológico diário que prediz as áreas de turbulência a serem evitadas pelos aviões.

Dave Richards
Cambridge, Reino Unido

Chuva miúda ou aguaceiro

O que causa os diferentes tipos de chuvas? Às vezes, elas caem como cascatas — gotas compridas em grande velocidade estalando ao bater no chão. Em outras, há apenas uma garoa que cai ao sabor da brisa. Como a chuva é capaz de cair tão pesada que chega a doer ou tão leve que é quase uma névoa? E que outros tipos de chuva há entre esses dois extremos?

Martin Reeves
Leicester, Reino Unido

Pingos de chuva grossos não passam de ilusão. Pingos grandes, na verdade, tendem a ser achatados devido à resistência ao ar. Quando chegam ao chão são chamados, em africâner (e penso que também em galês), de "mulheres velhas com seus porretes". A marca circular da gota que caiu sugere uma saia rodada vista de cima, e a parte central, um porrete.

O tamanho das gotículas é o fator principal que define os diversos tipos de chuva. Depende das condições do momento em que as gotículas se formam, principalmente da umidade, da temperatura e do número de núcleos em suspensão, tais como partículas de poeira. Um número moderado de núcleos, por exemplo, em correntes de ar ascendentes úmidas, tende a produzir gotas que aumentam de tamanho porque há muita água disponível, e elas só cairão quando ficarem pesadas o bastante para descer bem rápido antes que voltem. Quando há muitos núcleos em suspensão no ar, eles competem entre si e formam somente gotas pequenas, que se evaporam sem conseguir atingir o solo.

No ar parado as gotas grandes caem depressa e com força. Gotas de cerca de 1 centímetro de diâmetro alcançam velocidades de cerca de 30 quilômetros por hora. Neste ponto, pelo deslocamento que produzem, são divididas em gotículas menores, a menos que estejam quase congeladas. Isto limita o tamanho das gotas. Na verdade, um grande número de gotas consegue criar uma corrente descendente, aumentando a velocidade de queda antes de as gotas se dividirem. Ventos fortes na horizontal podem mais do que duplicar a velocidade do impacto.

E lembre-se de que a energia cinética aumenta ao quadrado da velocidade.

Jon Richfield
Somerset West, África do Sul

A intensidade da chuva depende principalmente da profundidade da nuvem e da força das correntes ascendentes. A ascensão rápida do ar produz uma condensação de gotas d'água e grandes quantidades de chuva, sobretudo quando a nuvem é grande o suficiente para que se formem cristais de gelo entre as gotículas super-resfriadas.

Nuvens esparsas com correntes de ar ascendentes fracas produzem apenas uma garoa, que nunca cai a mais de 3 metros por segundo. Gotas grandes chegam a atingir uma velocidade final de cerca de 10 metros por segundo. Sua velocidade de queda aumenta com o tamanho até que seu diâmetro se aproxime dos 6 milímetros, quando a resistência do vento comprime sua base, aumenta o arrasto e impede uma aceleração maior.

Mas se a chuva encontra um "vácuo", no qual uma coluna de ar está descendo a 20 metros por segundo ou mais, a chuva cai com força. Esses "vácuos" sempre estão associados a nuvens do tipo cúmulo-nimbo de correntes de ar quase verticais. Às vezes o peso da precipitação numa nuvem é suficiente para deflagrar um "vácuo".

A chuva proveniente de nuvens achatadas geralmente é causada por correntes ascendentes diagonais, vagarosas, contra uma superfície inclinada frontal. Esta chuva é persistente, mas quase nunca é pesada. Haverá uma mudança se a ascensão prolongada tornar a nuvem instável. As colunas maciças com correntes ascendentes fortes crescem verticalmente para fora da nuvem e podem produzir uma chuvarada forte de uma massa de nuvem que antes produziria apenas uma chuva moderada.

Tom Bradbury
Stroud, Gloucestershire, Reino Unido

Raios que o partam!

Há pouco tempo li que os carvalhos e os abetos são mais propensos ao ataque dos raios do que os pinheiros, e que as faias são as árvores que menos os atraem. Alguém sabe se isto é verdade? E, se for, por quê?

Jeff Kessler
Leeds, West Yorkshire, Reino Unido

Há quase um século, o primeiro número do jornal mensal *County Queries and Notes* foi publicado. Esta mesma pergunta foi feita nesse primeiro exemplar e atraiu grande atenção de seus leitores. Suas respostas continuaram a chegar mesmo depois de passado um ano. Elas foram reunidas e apresentaram os seguintes resultados: foram atingidos por raios 484 carvalhos, 284 choupos, 87 salgueiros, 66 olmos, 54 pinheiros, 50 teixos, 39 faias, 33 freixos, 30 pereiras, 22 nogueiras, 16 limeiras, 12 cerejeiras, 11 castanheiras, 11 cedros, 11 bordos, 9 bétulas, 7 macieiras, 6 álamos, 2 freixos da montanha e 1 espinheiro. Mais adiante, e por sugestão do editor, um leitor admitiu ter visto um sicômoro ser atingido por um raio. Houve quem afirmasse jamais ter visto um azevinho vítima de raio.

Sem indicações das proporções relativas das árvores presentes, esta lista pode soar sem sentido, mas, pelo menos, não parecerá que a altura da árvore tem mais importância do que a espécie. As discussões foram um pouco enfadonhas, mas concluiu-se que as árvores com troncos revestidos por cascas corrugadas, que guardam umidade, atraem raios com mais facilidade do que aquelas de troncos lisos.

Parece bem claro enfim que, como todos nós sabemos, os raios caem a qualquer hora e em qualquer lugar.

James O'Hagan
Edimburgo, Reino Unido

O relatório de pesquisas realizadas pelo Comissariado de Florestas sobre este assunto assegura que o carvalho, o choupo e o pinheiro escocês são as três espécies danificadas com mais freqüência, sendo a faia a que menos sofre com os ataques dos raios. Contudo, este é o resultado de duas pesquisas, cada uma delas com poucos dados. A primeira foi feita entre 1932 e 1935, e a segunda, entre 1967 e 1985. As pesquisas apresentam algumas discrepâncias, em parte porque a mais antiga incluía apenas as árvores comprovadamente danificadas por raios, e a mais recente incluía estragos de menor porte, que são bastante comuns e muitas vezes de difícil comprovação.

As publicações americanas também apresentam a faia, o bordo e a castanheira como menos propensas aos ataques dos raios se comparadas com carvalhos, pinheiros e abetos, entre outras. Na América do Norte caem mais raios do que na Grã-Bretanha. Lá é bastante comum encontrar algumas espécies valiosas sob a proteção de pára-raios. Até onde estou informado, apenas um pára-raios foi colocado numa única árvore inglesa: um cedro, bem grande, que foi considerado em perigo.

Várias teorias foram desenvolvidas sobre as espécies que parecem ser mais suscetíveis à atração de raios, incluindo a possibilidade de algumas serem melhores condutoras de eletricidade pela raiz ou pela casca espessa, que retém mais água da chuva. Assim, fica fácil compreender por que a faia, com sua casca lisa, é menos suscetível aos desastres causados por raios.

Simon Pryce
Warminster, Wiltshire, Reino Unido

? Sereno da madrugada

Várias vezes, ao abrir o zíper da minha barraca de acampamento, ainda dentro de meu saco de dormir, pude ver o sereno pesado que caíra de madrugada. Estando tão perto das folhas orvalhadas, reparei que as gotas d'água ficavam numa posição precária nas pontas das folhas. Como é que chegam lá e como lá permanecem?

John Lamont-Black
Newcastle upon Tyne, Reino Unido

Este processo chama-se gutação. Na superfície das folhas ficam os estômatos ou poros por onde a água escoa devido à transpiração. Durante a noite, os estômatos se fecham, ocasionando uma redução na transpiração. Então, as gotas d'água são expulsas da folha pelos hidatódios ou estômatos especiais que se encontram nas arestas ou na ponta das folhas. Acredita-se que a gutação seja causada pela elevação de pressão na raiz. As gramíneas sempre expelem a água pelas pontas das folhas, como o seu correspondente, em seu despertar no camping, observou. A gutação também acontece nas margens das folhas das batatas, dos tomates e dos morangos.

Frances Tobin
Manly, Queensland, Austrália

As gotas resultam da gutação. As raízes das plantas absorvem íons inorgânicos do solo e os transferem para o xilema, do qual não vazarão mais. A água é captada por osmose e cria uma pressão positiva no xilema. Devido a esta pressão, a seiva do xilema vaza pelos poros ou pelos hidatódios nas pontas das folhas de grama (ou dos cortes feitos nas folhas que tenham sido aparadas). Quando as gotas estão bem pesadas, elas caem e outras novas se formam.

A gutação geralmente acontece à noite porque durante o dia a água expelida pelas folhas quase sempre é suficiente para manter uma pressão negativa no xilema. As condições que favorecem a gutação também favorecem o camping: céu claro e ventos fracos, terra aquecida durante o dia e ar resfriado à noite (elevando a umidade relativa), com o solo úmido o bastante para sustentar o espeque da barraca.

É provável que alguns íons úteis sejam recuperados pelos hidatódios. Alguns íons do xilema nas raízes podem ser reciclados pelo floema. Um processo similar à gutação leva o cálcio necessário ao desenvolvimento dos frutos. Se for interrompido, causará problemas. Por exemplo, a atmosfera seca de uma estufa durante a noite vai impedir que a pressão positiva cresça no xilema, e o crescimento de frutos como o tomate apresentará deficiência de cálcio e apodrecimento da raiz.

John Tulett
Edimburgo, Reino Unido

A gutação, observada em mais de 330 gêneros de 115 famílias, é provocada por condições que permitem absorção da raiz, mas retardam a transpiração. É, portanto, mais freqüente à noite e mais comum em áreas tropicais, onde a temperatura mais alta do solo favorece a absorção da raiz e a atmosfera úmida retarda a transpiração. Entre as plantas de regiões temperadas, espécies como a maria-sem-vergonha e as gramíneas, além de cereais, apresentam gutação. A planta tropical *Colocasia antiquorum* produz 200 mililitros de água exsudada de uma única folha em apenas um dia.

John Tomlinson
Stratford-on-Avon, Warwickshire, Reino Unido

Transporte complicado

Isolamento garantido

Recentemente, eu estava num vôo a 12 mil metros de altitude, a 800 quilômetros por hora, e a temperatura externa do avião era de 50°C. Lá fora, na atmosfera, o vento frio devia estar terrível, mas felizmente eu estava dentro do avião, cujas paredes têm apenas 10 centímetros de espessura. Qual é o isolante que se usa e onde posso consegui-lo para minha casa, que fica no nível do mar?

Philip Welsby
Edimburgo, Reino Unido

O vento frio que comumente sentimos é o resultado da turbulência, freqüentemente sobre a pele humana exposta, que perde calor por evaporação e convecção. O fluxo laminar sobre metal liso e seco, que é o que os projetistas de aviões procuram, é menos eficiente quanto à transferência de calor. A 9 mil metros, a densidade do ar é cerca de um terço do seu valor ao nível do mar: é como se o avião estivesse voando numa garrafa térmica.

Em velocidades superiores a 500 quilômetros por hora, há bastante calor causado pelo atrito do ar nas superfícies externas dos aviões. Partes do Concorde chegam aos 200ºC durante o vôo, e o revestimento de uma nave espacial aterrissando fica incandescente.

A densidade da força metabólica humana em watts por metro cúbico no interior de um avião lotado é centenas de vezes maior do que na menor das casas, e a relação superfície/volume de um cilindro liso é muito menor do que a de uma casa de formato irregular.

O ambiente dentro de uma cabine pressurizada é criado pelo ar-condicionado que circula. Muitos megawatts do calor excedente das turbinas ficam disponíveis para o mecanismo que aciona o sistema de ar-condicionado; portanto, não é difícil manter uma temperatura agradável no interior dos aviões durante o vôo. O truque está em forrar toda a cabine com material plástico para evitar que as partes metálicas geladas sejam tocadas. Além disso, todas as cavidades são preenchidas com espuma isolante comum, de propriedades semelhantes às que são usadas nas paredes das casas. Assim, o interior da cabine fica a uma temperatura agradável, mas o seu correspondente está correto ao afirmar que em algumas partes do avião as temperaturas ficam muito baixas. O cone da cauda e o compartimento de bagagem ficam realmente muito frios durante um vôo prolongado.

O que não quer dizer que um avião no chão, com os motores desligados, não seja mais quente do que um trailer sem aquecimento.

Alan Calverd
Bishops Stortford, Hertfordshire, Reino Unido

A temperatura do lado de fora de um avião voando em grande altitude é muito baixa, mas o revestimento externo de suas paredes fica muitíssimo quente. Essas temperaturas extremas necessitam de isolamento térmico, mas, exceto em algumas partes, como aquelas acima e abaixo do compartimento dos passageiros, o isolamento é apenas acústico.

Para manter o interior de um avião protegido do barulho dos motores e do vento, o isolamento é mais espesso do que o necessário para o isolamento térmico. O material usado é a lã de vidro, cuja fibra é suficientemente espessa para proporcionar o melhor isolamento acústico. A espessura do isolamento varia de 12 centímetros no teto a 8 centímetros nas laterais e 3 centímetros no piso, dependendo do tipo de avião. A lã de vidro usada é muito leve, mas produtos similares estão ao alcance do público e são comumente utilizados no isolamento térmico de construções.

David Kettle
Dalkeith, Midlothian, Reino Unido

Faz-se a luz

Quando você entra no banheiro de um avião e fecha a porta, a luz interna se acende. Mas isso só acontece alguns segundos depois de você ter fechado a porta. Por quê?

Mick Towne
Washington DC, Estados Unidos

Leva alguns segundos para que a baixa voltagem e a potência do aparelho de iluminação fluorescente do banheiro possam fornecer a energia suficiente para que o tubo estabeleça um arco através do gás usado para o surgimento da luz. Isto ocorre porque a pequena quantidade de mercúrio que é usada para criar o arco necessita ser aquecida o bastante para iniciar o processo de ionização.

O arco de mercúrio, que produz luz com um comprimento de onda de 337,1 nanômetros fora do espectro visível na escala ultravioleta, excita os átomos no revestimento interno do tubo, e estes, então, emitem fótons na escala visível. A defasagem de tempo acontece porque o arco necessita de alguns segundos para se estabelecer.

Diferentemente da energia que faz com que se acendam os modernos aparelhos de luz fluorescente nas casas e nos escritórios, os sistemas de 24 volts dos aviões geram menos energia. A potência necessária para acender instantaneamente um tubo fluorescente dentro de um avião ocasionaria uma queda de voltagem de algumas dezenas de milissegundos, causando interferência em outros equipamentos da nave. Esta é a razão pela qual a luz do banheiro demora um pouco para acender.

Dan Schwartz
Maple Shade, Nova Jersey, Estados Unidos

A roda da vida

As rodas são bastante eficientes para facilitar nosso deslocamento. Há alguma razão para que não tenham se desenvolvido na natureza?

Tyrone Peeler
Londres, Reino Unido

Não é verdade dizer que a natureza não inventou a roda. Há milhões de anos as bactérias a usam quando se deslocam. Ela serve como base dos flagelos das bactérias, que são como saca-rolhas rodando continuamente para que elas possam se deslocar. Cerca de metade das bactérias tem pelo menos um flagelo.

Cada um dos flagelos está conectado a uma "roda" embutida na membrana da célula, que gira centenas de vezes por segundo, movida por um motor elétrico diminuto. A eletricidade é gerada pela troca rápida de cargas num anel de proteínas ligado à membrana que o envolve. Os íons de hidrogênio positivamente carregados são bombeados para fora da superfície da célula por meio de energia química. Eles, então, retornam num fluxo que completa o circuito e fornece a força para a roda girar.

Os únicos nutrientes de que o flagelo necessita são os blocos de proteínas que permitem seu crescimento. Eles são forçados até o fim do oco do flagelo, onde formarão um novo material flagelar.

Trata-se de uma peça bastante sofisticada da nanotecnologia e possui até um mecanismo de marcha a ré, que auxilia o organismo a encontrar alimento. Desta forma, longe de a natureza não ter inventado a roda, dado o grande número de bactérias, provavelmente há mais rodas no mundo do que qualquer outra forma de locomoção.

Andrew Goldsworthy
Londres, Reino Unido

Há uma forma de vida macroscópica que rola como uma roda, a *Amaranthus albus.* A parte desta planta que fica acima do solo se destaca do tronco e rola com o vento, dispersando suas sementes.

Eric Kvaalen
Paris, França

A natureza criou uma roda e explora sua rotação. Por que os animais não a usam um pouco mais? (N. do E.)

As rodas só são eficientes porque mudamos nosso hábitat de maneira considerável para que façamos uso delas (embora não muito; as cadeiras de rodas que o digam). Quando saímos da estrada ou da calçada sobre rodas e tentamos cruzar terrenos esburacados, molhados, lamacentos, pantanosos, pedregosos, arenosos, nevados, gelados, íngremes ou gretados que cobrem a maior parte das massas de terra do mundo, nossa invenção brilhante mostra-se mais do que inútil.

Alistair Scott
Gland, Suíça

Qualquer parte de nosso corpo, e de muitos outros organismos desenvolvidos, está conectada ou se comunica com os sistemas que o regulam, sendo o sistema nervoso e o circulatório os principais. O mesmo também deveria acontecer com uma roda desenvolvida por um organismo. Mas as rodas têm de estar livres para girar. Se estivessem conectadas a um organismo, elas embolariam sangue e nervos em torno de um eixo.

Ben Hill
Cardiff, Reino Unido

Máquinas com rodas, tais como carros e trens, dependem de um motor que produza torque. No caso de carrinhos de mão ou de bebês, a força de nossas pernas é suficiente. A locomoção dos animais é produzida por músculos eficientes na conversão da energia química em trabalho, mas que podem apenas se contrair. Para usar rodas, a natureza precisaria fazer uma coisa entre as três que se seguem: substituir o músculo por uma fonte de empuxo diferente, o que demandaria um processo evolutivo complexo; combinar rodas com pernas, o que anularia o seu propósito; ou chegar a algo improvável, como uma bicicleta biônica.

Roland Davis
Sevenoaks, Kent, Reino Unido

A evolução não é um processo que "pensa adiante". Ela é apenas um efeito cumulativo da seleção natural que atua sobre os resultados de mutações acidentais. Portanto, qualquer nova forma de vida ou de locomoção só surge se cada um dos passos intermediários trouxer alguma vantagem competitiva ao organismo ou, pelo menos, não lhe trouxer qualquer desvantagem.

As asas dos pássaros desenvolveram-se a partir de uma asa rudimentar que trazia algum benefício aerodinâmico aos animais que pulavam de galho em galho. Do mesmo modo, a concha dura de um molusco desenvolveu-se a partir de uma concha parcial, que lhe dava certa proteção. Contudo, é difícil pensar num estágio intermediário para uma roda que ofereça alguma vantagem competitiva e não venha a se tornar um fardo indesejável.

Claro que, na realidade, as rodas evoluíram: elas são o resultado da inteligência dos seres humanos que a fizeram e, em conseqüência, alteraram o meio ambiente para torná-lo adequado ao seu uso.

Simon Iveson
Universitas Pembangunan Negeri, Indonésia

Balança, mas não cai

Voltei para casa depois de um dia inteiro aprendendo a velejar e continuei a sentir que tudo estava balançando para cima e para baixo. Por que isso acontece?

Richard Matthews (9 anos)
Oxford, Reino Unido

Para que você possa se situar num espaço, seu cérebro combina informações de diversas fontes, incluindo visão, tato, posição das articulações, ouvido interno e suas expectativas interiores. Na maioria das vezes, os sentidos concordam com as expectativas. Quando estão em desacordo, há a sensação de imprecisão e ambigüidade em relação ao movimento, o que resulta em perda de equilíbrio e enjôo.

Em barcos, uma pessoa se sente mareada em virtude do conflito entre os estímulos sensoriais e as expectativas internas sobre o movimento. Acostumar-se com o vaivém da água é a maneira de se curar do enjôo. Você começa a se acostumar quando antecipa os movimentos do barco, preparando-se para ajustar a sua postura ao balanço do mar. Quando finalmente desembarca, é comum que sinta, por horas ou mesmo dias, o ajustamento do corpo como se o chão estivesse se movendo, o que acaba por deixá-lo com náuseas.

Em algumas pessoas, infelizmente, esses sintomas perduram por meses e até por anos, o que é conhecido por síndrome do "mal de desembarque". Não se sabe a razão de tais sintomas persistirem por tanto tempo, mas há tratamento para acabar com eles.

As viagens de barco não são as únicas causas desses efeitos retardados de ilusão de movimento. Os viajantes que passam a noite num trem dizem que continuam sentindo o "choc-choc" em suas pernas mesmo depois de desembarcar. Os astronautas que voltam à Terra experimentam sensações de vertigem, náusea, dificuldade de locomoção e lembrança de eventos passados. Quanto mais tempo uma pessoa fica exposta a movimentos pouco comuns, tanto mais perdurarão seus efeitos retardados.

Timothy Hain
Departamento de Terapia Física e Ciência dos Movimentos Humanos, Universidade Northwestern, Chicago, Illinois, Estados Unidos
e
Charles Oman
Laboratório de Veículos Humanos, MIT, Cambridge, Massachusetts, Estados Unidos

? Explosões titânicas

Há alguns anos visitei uma exposição sobre o Titanic no Museu de Ciência de Londres. Numa das peças expostas, havia uma informação de que fora preciso grande cuidado ao içar os objetos de ferro fundido da profundidade de 4 quilômetros para a superfície, para que não explodissem quando retirados da água. Por que isso poderia ter acontecido com esses objetos?

Thomas Theakston
Warlingham, Surrey, Reino Unido

Há muitos fenômenos envolvidos neste caso. Um deles é que o ferro fundido invariavelmente contém pequenas cavidades de gás ou bolhas de ar que são formadas sob sua superfície. Outro é que o material tem muito pouca flexibilidade e se quebra em vez de se deformar. O terceiro é que ele é muito heterogêneo, contendo 4,5% de carbono e quantidades significativas de sílica e manganês junto com fósforo e enxofre. Além de muitas vezes conter grafita, argentita e ferrita.

Quando imerso em um eletrólito como a água do mar, a corrosão eletrolítica começa a atacar sua superfície. Um dos produtos desta corrosão é o hidrogênio em estado iônico ou atômico. Nesse estado, ele se difunde entre as estruturas de ferrita e chega a cavidades cheias de gás. Lá ele se recompõe como hidrogênio molecular, elevando a pressão das bolhas.

Como este processo eletrolítico acontece a uma grande profundidade e pressão, o excesso da compressão das bolhas acaba se equilibrando com a pressão externa exercida pela água. Içando o objeto de ferro fundido do fundo do mar, ele fica livre desta força e o gás das bolhas cria pressões muito altas.

Na melhor das hipóteses, o ferro fundido desenvolverá rachaduras; na pior, ele irá se quebrar.

C. C. Hanson
Metalúrgico
Farnham St Martin, Suffolk, Reino Unido

Balas de canhão velhas retiradas do oceano às vezes explodem depois de manuseadas sob certas circunstâncias, quando as bactérias que destroem o sulfato, comumente encontrado nos sedimentos oceânicos, colonizam fendas e rachaduras no ferro. As bactérias usam sulfatos da água do mar como fonte de oxigênio e eliminam as espécies que destroem o enxofre resultante. Na presença do ferro, as espécies de enxofre solúveis reagem, formando o dissulfeto de ferro (pirita) ou monossulfetos de minérios de ferro.

Os sulfetos de ferro, termodinamicamente estáveis sob as condições de redução no fundo do mar, começam a se oxidar tão logo são trazidos à superfície. Esta reação é altamente exotérmica, produz ácidos e envolve um aumento considerável de volume. A oxidação chega a ocorrer em horas ou até em menos tempo. Em espaços fechados, a mudança súbita de volume em objetos quebradiços durante a oxidação pode resultar em explosão e fragmentação.

Jeff Taylor
Geoquímico ambiental
Earth Systems, Kew, Victoria, Austrália

? Salve a cerveja

Quando a Grã-Bretanha governava a Índia, as cervejarias desenvolveram um tipo especial de cerveja, conhecido como cerveja clara indiana. Depois de ser fabricada na

Grã-Bretanha, ela podia suportar duas travessias do Equador antes de chegar à Índia, ainda em condições de consumo. Isto aconteceu antes de as cervejas serem pasteurizadas e filtradas e, quando ainda tinham, por isso, muito lúpulo no seu processo de conservação. Quais são as propriedades que ajudam a conservar a cerveja?

B. Manders
Northchurch, Hertfordshire, Reino Unido

Os lúpulos contêm compostos chamados humulenos ou ácidos-alfa, que são altamente insolúveis em água. Eles passam por um processo químico durante o cozimento da cerveja a ser fermentada, para se transformar num grupo de compostos isoméricos, chamados isohumulenos, que, então, passam a ser solúveis em água.

Análogos ao humuleno e ao isohumuleno também encontrados no lúpulo, o cohumuleno, o adhumuleno e o prehumuleno diferem somente no número de átomos de carbono de suas cadeias laterais. São esses ácidos-alfa que dão o sabor amargo característico das cervejas e também exercem uma ação "bacteriostática" sobre a maioria das bactérias grã-positivas. Em outras palavras, eles não matam as bactérias, mas impedem o seu crescimento.

Antes do advento da refrigeração e da pasteurização, o único meio de evitar que a cerveja se estragasse era pela adição do álcool e do lúpulo. O álcool fornecia um meio desfavorável para a ação microbiana, e o isohumuleno do lúpulo inibia o crescimento de bactérias como os *Lactobacillus*. Portanto, a grande quantidade de álcool (por exemplo, nas cervejas alemãs para exportação) e o alto índice de lúpulo (como na cerveja clara indiana) podiam evitar que a cerveja adquirisse o amargor decorrente de um tempo de estocagem longo.

A cerveja clara indiana foi inventada em 1790 por George Hodgson, da cervejaria Bow Brewery do leste de Londres, que aumentou consideravelmente a quantidade de lúpulo e de álcool em sua fórmula de cerveja clara e ainda acrescentou a ela açúcar e cereais. Hodgson colocou lúpulo seco nos tonéis na primeira fase do processo, quando o açúcar é acrescentado, para permitir uma fermentação secundária, e depois ainda colocou mais açúcar do que era comum. É provável que o alto índice de açúcar na primeira fase tenha ajudado a manter a levedura viva durante a viagem, resultando numa cerveja clara borbulhante bem amarga com alto teor de álcool, que podia suportar os rigores da navegação e ainda permanecer boa numa prateleira na Índia.

Stefan Winkler
Vice-cônsul de ciência e tecnologia
Consulado Geral Britânico, Boston, Estados Unidos

Com tal quantidade de lúpulo e álcool, que gosto a cerveja tinha? O lúpulo é o ingrediente mais caro de qualquer tipo de cerveja, e hoje, em uma cervejaria moderna, talvez não se pudesse fazer uma cerveja clara indiana viável em termos econômicos. Com tanto lúpulo, uma cerveja nova do tipo da clara indiana iria agredir as células da boca como se fosse um removedor de pintura. O que parecia um estrago terminava bem. A viagem longa e o mercado futuro da cerveja clara indiana mostravam que ela só iria ser consumida 12 meses depois de envelhecida, o que resultava na transformação do paladar ácido agressivo em um "delicado buquê", que alguns autores chegaram a comparar aos vinhos brancos franceses.

Acho esta descrição um tanto fantasiosa, mas eu mesmo pesquisei as cervejas claras indianas. Nas cervejas que eu fiz, dando destaque para as que foram baseadas em fórmulas de Edinburgh de 1840, o sabor depois de um ano era diferente de tudo que existia no mercado. E certamente não era de uma cerveja amarga demais.

A combinação de lúpulo e álcool criava um meio antibacteriano poderoso, mas ainda restava muita coisa que podia dar errado. A cerveja era ventilada antes da longa viagem para evitar sérias explosões que introduziriam bactérias. Também não era fácil esterilizar os barris antes de enchê-los. De qualquer forma, valia a pena, pois havia muitos navios de carga indo para as colônias e o preço do frete era muito baixo.

Clive La Pensee
Autor de *Homebrew Classics: IPA*
Beverly, East Yorkshire, Reino Unido

Muitos fabricantes que exportaram cerveja do tipo porter (ou Imperial — escura, de fermentação superficial) para a Rússia no século XIX fizeram suas cervejas mais duráveis pelo acréscimo de lúpulo e álcool em seu conteúdo. As cervejas porter escuras feitas na Inglaterra e populares na realeza russa eram de alto teor alcoólico, doces e densas, e sobreviviam à viagem da Grã-Bretanha através do Báltico até a Rússia. Elas ainda são populares nos países bálticos, onde são fabricadas. A cerveja feita por Samuel Smith, de Yorkshire, é um ótimo exemplo.

Enquanto as cervejas claras indianas se tornavam populares, as primeiras cervejas claras de Plzen (também conhecidas como pilsners) tomavam conta do mercado, usando não só as novas estradas de ferro, como também grandes doses de lúpulo Saaz.

Muitas cervejas claras indianas atualmente vendidas na Grã-Bretanha tendem a ser amargas por terem mais lúpulo do que o normal, embora um punhado de "cervejas claras indianas históricas" com cerca de 6% de álcool por volume (menos de 10% a mais do que as originais) sejam feitas em microcervejarias, como a Burton Bridge e a Freeminer.

Laurent Mousson
Berna, Suíça

? Fazendo a pista

Por que os fabricantes de pneus para automóveis e motocicletas estão constantemente lançando novos modelos? Sempre que olho para um pneu, seu desenho me parece diferente. Não há um padrão que seja comprovadamente melhor?

G. Curling
Bristol, Reino Unido

Há apenas dois requisitos físicos para o desenho da banda de rodagem de um pneu. Ele deve garantir tração na aceleração e na frenagem e também deve expulsar a água da chuva para que o pneu toque a pista molhada sem deslizar ou fazer o veículo derrapar fora de controle.

Um desenho de blocos simples é ótimo para tração nas ruas não-pavimentadas, mas os pneus se desgastarão muito rapidamente quando usados no asfalto. Costelas circulares com recortes dentados dão tração extra sem causar grande desgaste. Um pneu de desenho espaçado transversalmente provoca muito barulho e, em conseqüência, usam-se padrões irregulares.

A 100 quilômetros por hora sobre chuva moderada, um pneu de automóvel tem de deslocar 5 litros de água a cada segundo apenas para se manter em contato com o solo. Os recortes cruzados do pneu levantam a água da estrada e a deslocam para fora por meio dos sulcos feitos nas costelas laterais.

Nos pneus de motocicletas, a secção oval da banda de rodagem corta bem a água; assim, a aquaplanagem é um problema raro, e os níveis de ruído para o motociclista não o atrapalham em nada, devido aos outros barulhos. Tudo de que se precisa é tração.

Os requisitos necessários ao perfil ótimo de um pneu podem ser preenchidos por meio de vários padrões diferentes. Na verdade, a maioria das variações nos desenhos das bandas de rodagem é decidida pelo pessoal de marketing dos fabricantes.

Reinhard Reading
Wendover, Buckinghamshire, Reino Unido

No final de 1980, trabalhei com um sistema de desenho tridimensional por computador (CAD/CAM) para um grande fabricante de pneus.

O sistema permitia que os projetistas criassem imagens quase reais, baseados em desenhos bidimensionais da secção e da banda de rodagem dos pneus.

Os projetistas diziam que tal procedimento lhes economizava tempo, pois centenas dos desenhos que produziam por ano eram rejeitados pelo departamento de marketing, por causa de sua aparência. Os padrões das bandas de rodagem eram considerados "pouco atraentes" ou "pouco masculinos" e retornavam às pranchetas.

Só quando o departamento de marketing concordava com o aspecto geral do pneu e com sua banda de rodagem é que era feito um conjunto para teste. Este conjunto era cortado à mão, devido ao alto custo de um molde, e depois testado.

Os projetistas sabiam o que fazia o tipo de uma banda de rodagem ser adequada para um certo tipo de pneu e podiam produzir desenhos novos e bem variados de pneus que se comportassem bem nos testes até satisfazer o departamento de marketing.

André de Bruin
Sonoma, Califórnia, Estados Unidos

Hércules dos pobres

Imagine que um navio grande, do tamanho do Queen Elizabeth II, *esteja flutuando livremente ao longo do cais e que não haja forças como vento ou correntes marinhas atuando sobre ele. Se eu ficar no cais e empurrá-lo, ele irá se mover, ainda que lenta e suavemente? Ou haverá alguma espécie de limite ao atrito causado pelas moléculas de água em volta do casco que só possa ser ultrapassado por uma força bem maior?*

Trevor Kitson
Universidade Massey, Nova Zelândia

Enquanto servia a bordo do *King George* **V,** muitas vezes empurrei com as mãos um destróier, em circunstâncias iguais às descritas na pergunta de seu correspondente.

Entre a maré alta e a maré baixa no porto de Harwich em Essex, quase sem vento, encostei a barriga contra uma escora do navio em que eu estava, estiquei as mãos para um montante do navio que estava flutuando ao lado e puxei-o com força.

Passou-se talvez um minuto sem que nada parecesse acontecer; depois, bem devagar, o espaço entre os dois navios começou a diminuir até que os dois se tocaram sem qualquer problema ou barulho. Ali ficaram, quietos, em contato. Então, pelo processo inverso, e durante mais ou menos o mesmo tempo, trocando o puxão por um empurrão, os dois navios voltaram às suas posições iniciais. Tudo foi incrivelmente simples.

O *Queen Elizabeth II* é apenas um pouco maior do que um destróier da Marinha Real, mas eu acredito que a única diferença deva ser no tempo necessário para que ele se desloque. Se o seu correspondente encontrar uma oportunidade, bastante improvável, de tentar esta experiência com um navio deste porte, aconselho-o apenas a não prender a respiração enquanto o estiver empurrando.

Ken Green
Tintagel, Cornualha, Reino Unido

Não há força limite que precise ser ultrapassada para mover um navio quando não há vento ou correnteza. Na verdade, é muito fácil que uma pessoa sozinha possa mover um navio grande. Fato que se justifica em termos de energia cinética (E) e do *momentum*.

Consideremos um navio com uma massa de 20 mil toneladas ($m = 2 \times 10^7$ quilogramas). Se for aplicada ao navio a velocidade de 1 centímetro por segundo ($v = 10^{-2}$ metros por segundo), então a sua energia $E = ½\ mv^2 = ½$

$\times 2 \times 10^7 \times (10^{-2})^2 = 1.000$ joules. Mil joules é uma quantidade de energia bastante modesta. É a energia despendida por um homem de 51 quilos ao subir um lance de escada de 2 metros de altura.

A 1 centímetro por segundo, o *momentum* do navio (massa × velocidade) $= 2 \times 10^7 \times 10^{-2} = 2 \times 10^5$ newton-segundos. O homem deve aplicar seus 51 quilos ao navio colocando todo o seu peso durante 400 segundos, o que dá $51 \times g \times 400 = 2 \times 10^5$ newton-segundos, onde g é a aceleração causada pela gravidade de 9,8 ms^{-2}. Se ao mover o navio ele coloca todo o seu peso sobre um dos cabos que o amarram ao cais, ele terá descido 2 metros durante o tempo que o navio estiver se movendo a 1 centímetro por segundo.

Na verdade, quando um navio é posto em movimento, uma massa correspondente de água também é deslocada à mesma velocidade. Conseqüentemente, a energia cinética e o *momentum* acima calculados foram subestimados por um fator de mais ou menos dois. Ainda assim, a conclusão é a seguinte: um homem sozinho é capaz de mover um navio fácil, fácil.

John Ponsonby
Wilmslow, Cheshire, Reino Unido

O navio irá se mover. As forças dos fluidos não apresentam um limite para o atrito estático. Devemos pensar nas forças de atrito nos fluidos como sendo diretamente proporcionais à velocidade do navio. Elas são próximas de zero quando a velocidade também é próxima de zero, e assim por diante.

Então vá lá: empurre o navio e boa sorte!

Marco Venturini Autieri
Pisa, Itália

? O furo da questão

As duas camadas que formam as janelas dos aviões têm entre elas uma pequena peça cilíndrica de metal. Ela não fica no centro, mas próxima à base das camadas, e está sempre envolta pela condensação. A que propósito serve e do que é feita?

Rita Breitkopf
Washington DC, Estados Unidos

As janelas dos aviões são feitas de três camadas ou mais de vidro (ou acrílico), de modo a isolar do frio extremo da atmosfera em altitude. O pequeno cilindro prateado é, na verdade, a borda de um pequeno orifício da camada intermediária destinado a permitir que a pressão entre as camadas se equilibre, minimizando a convecção.

A condensação ao redor do orifício deve-se ao resfriamento do ar em seu interior. Às vezes até gelo se forma nesse ponto. A posição do orifício é calculada para que a visão pela janela não seja prejudicada pela condensação, para minimizar a possibilidade do aparecimento de rachaduras entre ele e a beirada da janela e, por fim, para evitar que um excesso de condensação se forme e possa vir a congelar, bloqueando-o.

Fred Parkinson
Sandiacre, Nottinghamshire, Reino Unido

Apertem os cintos e boa viagem

Voltei das férias num avião grande. Enfrentamos muita turbulência durante o vôo. Os drinques e os sanduíches saíram voando, os compartimentos de bagagem sobre nossas cabeças se abriram, as pessoas gritaram e até a tripulação ficou assustada, andando de gatinhas pelo corredor para se proteger. O avião pareceu cair verticalmente por uns cinco segundos. Qual foi o perigo que corremos? Parecia que o avião estava despencando do céu. Isto já aconteceu outras vezes?

Brian Jackson
Birmingham, Reino Unido

Quem está perguntando experimentou os efeitos da turbulência de céu claro. Os pilotos não conseguem ver a turbulência de céu claro, que chega a ocasionar a queda de um avião logo após a decolagem ou imediatamente antes do pouso. Desde 1981, houve mais de 350 registros de aviões enfrentando turbulências sérias. Ela é considerada a causa principal de ferimentos sofridos durante os vôos. Nos Estados Unidos, cerca de sessenta passageiros por ano sofrem ferimentos devido à turbulência de céu claro e é por isso que são sempre advertidos a manter seus cintos de seguranças apertados.

As cinco causas principais da turbulência de céu claro são: correntes de jato; turbulência causada por outro avião; correntes de ar sobre montanhas; vácuos ou correntes térmicas e quedas de pressão associadas a chuvas e nuvens de trovoadas. A experiência relatada parece ter sido causada pela turbulência de correntes de jato. Em vôos muito demorados, os aviões tentam voar, tanto quanto possível, ao longo das correntes de jato, mas, como elas em geral se encontram em altitudes superiores a 12 mil metros e eles voam um pouco abaixo disso, pode haver zonas de turbulência.

Se um avião em altitude de cruzeiro encontra um vácuo, as asas perdem sustentação e ele cai subitamente. Qualquer pessoa ou qualquer coisa que não esteja presa é atirada contra o teto, e em geral são os comissários que se ferem mais. Quando o avião sai do vácuo, suas asas ganham sustentação novamente, com um grande estrondo. As asas dos aviões são projetadas para suportar uma sustentação negativa de 1,5 g e positiva de 2,5 g. Qualquer número maior do que estes significa perigo.

No dia 5 de março de 1966, uma turbulência de céu claro causou um grande desastre. Num dia claro, o piloto do vôo 911 da British Overseas Airways Corporation decidiu fazer uma volta para proporcionar aos seus passageiros uma bela vista do monte Fuji. O avião partiu-se em pedaços devido à forte turbulência que encontrou por ter voado muito perto da montanha.

Há outros exemplos de aviões que caíram ao aterrissar ou decolar devido ao vácuo. Aviões que faziam a aproximação para aterrissar viraram e não tinham mais altitude para tentar uma ação corretiva. Por esta razão, as leis americanas obrigam os aviões a ser equipados com radares que alertem para as turbulências. Tais radares detectam as gotículas d'água, comumente associadas ao vácuo, e alertam os pilotos para que escapem do perigo.

Terence Hollingworth
Blagnac, França

O melhor de tudo

Árvore genealógica

Os pais de minha mulher tiveram seis filhos, os primeiros três e o sexto são meninas. Quatro desses filhos também tiveram filhos; ao todo, sete meninas. Sei que homens de certas profissões são mais propensos a gerar filhas, mas nesta família os sete netos têm quatro pais diferentes. É pura coincidência ou há outros fatores em jogo?

Mark Higgings
Glasgow, Reino Unido

Mesmo sem saber dos detalhes, arrisco dizer que é provável que seja pura coincidência. Todo feto tem uma chance em duas de ser feminino; assim, a chance de que as sete crianças sejam meninas é de 1 para 2 à sétima potência, ou 1 em 128. O que não é nada extraordinário se você considerar que há também muitas outras combinações notáveis (todos meninos ou alternadamente meninos e meninas). As chances de que seis netos tenham algum padrão "notável" entre si é tão pequena que tal ocorrência nem deve ser considerada.

Esta pergunta vem da necessidade humana de encontrar padrões em dados aleatórios. Tem sido observado que as expectativas das pessoas sobre a aparência de uma seqüência aleatória são bem diferentes da verdadeira seqüência aleatória. Atirando uma moeda, por exemplo, alguém pode dizer que a seqüência aleatória é: CARA COROA CARA CARA COROA CARA COROA COROA CARA CARA CARA COROA COROA CARA, mas a verdadeira seqüência aleatória às vezes pode vir a ser CARA CARA CARA CARA CARA COROA CARA CARA COROA COROA CARA CARA CARA CARA, com menos alterações e maiores ocorrências do mesmo valor, e uma proporção de ocorrência de caras e coroas mais espaçada do que 0,5 com seqüências mais curtas. Por outro lado, as seqüências realmente aleatórias parecem não ser tão aleatórias para a maioria das pessoas.

Se, no final, a família chegar a ter 15 netos e todos forem meninas, aí sim, vou ficar com a pulga atrás da orelha e admitir que há uma causa não-aleatória atuando. Mas, mesmo assim, a probabilidade ainda é baixa (1 em 32 mil), se é que aconteceu por acaso algumas vezes na história.

Ben Haller
Menlo Park, Califórnia, Estados Unidos

Onde está o vírus

Ouvi dizer que a maneira mais comum de se pegar uma gripe é quando alguém que está com o vírus toca sua mão e você toca seu nariz ou seus olhos em seguida. Parece que o vírus também pode ser passado adiante pelo toque de uma superfície infectada, como uma maçaneta. Por quanto tempo um vírus ou outro agente patogênico sobrevive numa superfície? Depende da superfície ou a umidade faz alguma diferença?

Cory Caulfell
Washington DC, Estados Unidos

Depende da superfície. O vidro frio na sombra, por exemplo, chega a guardar muitas espécies de rinovírus ou coronavírus durante vários dias.

Por outro lado, o metal, que é seco, aquecido pelo sol, coberto de azinhavre e compostos de zinco, fica livre de germes meia hora depois de ter sido tocado. Estes compostos são nocivos para os micróbios. Deste modo, o dinheiro sujo, principalmente uma moeda de cobre, não é tão terrível assim quanto se pensa.

Os maiores causadores de gripes são os rinovírus. Eles pertencem à família dos picornavírus, que são razoavelmente estáveis. As superfícies secas e banhadas pela luz ultravioleta do sol ficam rapidamente livres deles. Já um lenço de bolso úmido irá conservá-los por muitos dias, a menos que ele esteja infestado de bactérias, que devorarão os vírus junto com outras secreções do dono do lenço.

Para evitar infecção numa epidemia virótica, é melhor tocar o mínimo possível seu rosto, mas se tiver que fazê-lo, lave antes as mãos.

Jon Richfield
Somerset West, África do Sul

Medida de higiene

Como é que o cloro mata os organismos nocivos nas piscinas e por que ele é o produto químico escolhido para isso?

Tommy Krone
Copenhague, Dinamarca

O cloro não é o único membro do grupo halogênico usado como desinfetante da água; o iodo e o bromo também fazem este serviço. Já o flúor não pode ser empregado porque é muito reativo. O cloro é usado com freqüência por ser barato, fácil de encontrar e de simples manuseio.

A desinfecção depende do rompimento do metabolismo ou da estrutura do organismo nocivo e pode ser feita com produtos químicos oxidantes e não-oxidantes com efeitos similares, bem como por processos não-químicos, como a luz ultravioleta (incluindo a do sol), os raios X, o ultra-som, o calor (como na pasteurização), variações no pH e mesmo armazenamento, que permite que os organismos morram naturalmente.

O gás de cloro consiste em moléculas formadas por dois átomos de cloro, mas nenhum oxigênio. Quando misturado à água, um desses átomos forma um íon de cloro. O outro reage com a água, formando o ácido hipocloroso, um agente oxidante. A desinfecção é o resultado da reação do ácido hipocloroso com outra molécula, provavelmente na parede da célula bacteriana, numa reação de eliminação por oxidação. Se isso acontece muitas vezes, os mecanismos de reparação do microrganismo ficam saturados e ele morre. Deste modo, a concentração do desinfetante e o tempo que os agentes patogênicos ficam expostos ao produto são fatores importantes.

O cloro é encontrado sob muitas formas: gás de cloro, hipoclorito de sódio em pó (geralmente usado em piscinas domésticas) e cal clorada ou alvejante em pó. Alguns produtos químicos contendo cloro não são desinfetantes, pois o cloro contido neles, em forma de cloreto, é reduzido e não tem poder oxidante. O cloreto de sódio é um desses. E, por isso, uma pitada de sal não desinfeta a água, e mesmo na água salgada do mar certos agentes patogênicos conseguem sobreviver.

Philip Jones
Water Environment Consultants, Woking, Surrey,
Reino Unido

A desinfecção deve ser feita sob rigoroso controle das condições do pH, idealmente entre 7 e 7,6. Se o pH estiver muito baixo, em menos de 6,8, há uma tendência para que os compostos de nitrogênio, principalmente a uréia (um contaminante comum das piscinas), se degradem por outro caminho com o uso de um composto de cloro e amônia. O pior destes é o tricloreto de nitrogênio, que irrita os olhos e cria aquele cheiro de cloro, característico de piscinas com tratamento deficiente ou excessivamente usadas.

Philip Stainer
Lach Dennis Consultants, Haverhill, Suffolk, Reino Unido

A cloração acaba imediatamente com a contaminação da piscina, da mesma forma que um tratamento de ultravioleta ou de ozônio desinfeta a casa de máquinas. Todos esses sistemas também usam filtros para remover matéria orgânica. Quanto menos turva a água, menor a dose de cloro necessária para esterilizá-la. Desta forma, conserva-se um nível baixo de cloro na água circulando entre a piscina e a casa de máquinas, que somente deve ser alterado em função da quantidade de usuários e do nível de poluição.

Lois Vickers
Bideford, Devon, Reino Unido
Agradecemos também a Roger Cole, do Serviço de Águas de Proton

? A gaita gaiata

Conversando sobre como tocar gaita-de-foles em lugares muito altos, fiquei imaginando o que aconteceria com o som desse instrumento se ele fosse tocado num ambiente composto pela mistura de hélio e oxigênio, como a usada por mergulhadores, que distorce o som da fala. Os sons da câmara dupla (o tubo por onde saem os sons com orifícios que são fechados com os dedos) sofreriam alguma alteração tanto quanto os do tubo simples (que produzem um tom contínuo, o baixo)?

Roger Malton
Errol, Tayside, Reino Unido

A construção de uma gaita-de-foles permite que seja mantido um fornecimento contínuo de ar a ela. Uma bolsa flexível cheia de ar age como um reservatório. Comprimindo-se esta bolsa, enquanto se inspira, o fluxo de ar é mantido tanto nos tubos duplos, por onde saem os sons, quanto no tubo simples, que mantém uma única nota, o baixo.

A freqüência fundamental de uma cavidade ressonante, venha ela de uma voz humana ou de um tubo como o de uma gaita-de-foles, é diretamente proporcional à velocidade do som do gás em seu interior. A velocidade do som é proporcional à raiz quadrada de T/M (onde T é a temperatura absoluta do gás, e M, seu peso molecular). Portanto, a velocidade do som é maior em gases mais leves. Por exemplo, a velocidade do som no ar (onde M = 28,924) a 0ºC é de 331,3 metros por segundo. E no hélio (onde M = 4,003) é de 891,2 metros por segundo. As freqüências de ressonância do trato vocal são 2,7 vezes mais altas para o hélio do que para o ar, e o timbre, portanto, será mais alto do que o normal, como se fosse a voz do Pato Donald.

A pergunta não foi bem-feita. É difícil imaginar alguém tocando uma gaita-de-foles escocesa dentro de um sino de mergulho numa atmosfera de hélio/oxigênio. A pergunta teria sido mais bem formulada se o instrumento usado para satisfazer a necessidade de um mergulhador pela música celta fosse uma flauta irlandesa, que é mais portátil.

Eu experimentei inalar hélio de um cilindro para encher balões de brinquedo e tocar minha flauta de metal em ré sustenido 41 metros acima do nível do mar numa temperatura de 22ºC. Quando consegui tocar uma nota, sua afinação subiu quase três semitons, de ré para fá, e, a partir daí, permaneceu afinada. Embora eu tivesse que soprar com mais força para manter a nota constante, consegui tocar os primeiros 12 compassos de "Down by the Sally Gardens" sem tomar novo fôlego, ainda que num andamento um pouco mais rápido do que o normal. A mistura ar/hélio que expirei depois de tomar o primeiro fôlego de ar devolveu a afinação para ré sustenido. Todavia, só consegui tocar um ré natural depois que todo o resíduo de hélio saiu de meus pulmões. O volume residual dos pulmões é cerca de 25% de seu volume total; portanto, a primeira respiração de hélio foi de cerca de 75% da mistura, e a segunda, de cerca de 18%, presumindo que o gás que inalei era puro.

Tony Lamont
Brisbane, Queensland, Austrália

A afinação de ambos os tubos de uma gaita-de-foles é determinada pelo seu comprimento (que varia em função dos orifícios que são abertos no tubo por onde sai o som), e não pela palheta. A palheta adapta sua freqüência à ressonância do tubo no qual ela está conectada. As freqüências dos timbres das gaitas-de-foles são proporcionais à velocidade do som no gás e, como ela é muito maior com o hélio do que com o ar, seu timbre será mais alto.

Eu ensinava a física da música a cantores de ópera numa importante escola de música. Eles ficavam impressionados quando eu levava um cilindro de hélio e os mandava encher os pulmões com o gás. Ao fazer esta experiência, deve-se tomar cuidado e reter certa quantidade de dióxido de carbono nos pulmões, pois é isto que estimula o reflexo automático da respiração. No caso dos cantores, a afinação não muda, pois ela é determinada pelas cordas vocais, e não pelo tubo.

As ressonâncias não são fortes o bastante para dominar as cordas vocais e seu controle bimuscular. O que muda, na verdade, é a freqüência de cada ressonância do trato vocal, e, assim, a cor do tom (ou seja, a formante) da voz muda de forma dramática. A voz soa mais aguda porque sua cor se desloca para freqüências mais altas. A afinação não muda.

Na prática, poucos cantores conseguiram ouvir direito sua nova voz, porque a achavam engraçada e riam tanto que acabavam expelindo o hélio rapidamente.

John Elliot
UMIST, Manchester, Reino Unido

Sim, as gaitas-de-fole funcionam com hélio ou com misturas de hélio. Cem por cento de hélio no fole levanta o tom em cerca de uma oitava e é necessária uma afinação entre o tubo por onde se tocam as notas e o tubo que mantém o tom.

Foram feitos ensaios com gaitas-de-foles como precursoras do instrumento chamado *heli racket*, que entrou num concurso de novos instrumentos musicais do programa de TV da BBC2 *Local Heroes*. Hélio e ar eram soprados através de um tubo de gaita-de-foles, e as notas eram tocadas variando-se a proporção da mistura dos gases pelo uso de uma válvula (uma torneira de banheiro, no caso), e não pelo uso dos dedos para abrir e fechar os orifícios. O instrumento apresentou uma versão televisada sofrível de "Twinkle Twinkle Little Star".

Como alternativa para o hélio, misturas de gases mais pesados que o ar, como o neon, também são usados para baixar a afinação.

Posso afirmar que gases diferentes não afetam a qualidade do tom.

Mark Williams
Winchester, Hampshire, Reino Unido

As freqüências ressonantes de todos os tubos e câmaras são diretamente proporcionais à velocidade do som. A mistura hélio/oxigênio aumentará todas as freqüências e o dióxido de carbono terá o efeito inverso. Por isso, os músicos devem ter cuidado.

Músicos que tocam instrumentos de sopro sabem que devem evitar bebidas gasosas antes de apresentações. Se você arrotar enquanto estiver tocando, depois de ter bebido um refrigerante, irá encher o instrumento de dióxido de carbono, que tem uma velocidade de som menor.

O instrumento baixará o tom horrivelmente e só irá recuperar a tonalidade original depois que todo o dióxido de carbono tiver sido expelido. Trocar o ar puro por dióxido de carbono puro fará com que a afinação do instrumento desça sete semitons.

Laurie Griffiths
Por e-mail, sem endereço

Respondendo à pergunta sobre se as gaitas-de-fole soam melhor se tocadas com uma mistura de hélio e oxigênio em vez de com ar, é claro que não. As gaitas-de-foles já têm um som muito bom.

Joe Boswell
Aberdeen, Reino Unido

Castanhas explosivas

Um caderno escolar do povoado de Nash, que fica no norte de Buckinghamshire, datado de 9 de novembro de 1917, traz a seguinte anotação: "Carta de agradecimento recebida do diretor do Departamento de Provisão de Propulsores

Explosivos a respeito das castanhas recolhidas para fabricar munições."

John Harris e Greg Davies
Milton Keynes, Buckinghamshire, Reino Unido

É verdade mesmo que na Primeira Guerra Mundial usaram-se castanhas para fabricar bombas? E qual é a sua relação com os explosivos? (N. do E.)

Esta pergunta foi feita na edição de fevereiro de 1987 da revista mensal *Chemistry in Britain*, da Royal Society of Chemistry. Os correspondentes responderam que as castanhas eram usadas durante a Primeira Guerra Mundial para a produção da acetona necessária à fabricação de cordite, a pólvora sem fumaça usada como explosivo de propulsão em armas pequenas de artilharia.

A pólvora sem fumaça de cordite mudou a face da batalha. Ela propiciava um alcance maior do que a "pólvora negra". Com a produção de apenas uma névoa azul desbotada, ela permitia que as metralhadoras disparassem sem impedir a visão do atirador e também que os franco-atiradores disparassem sem que sua posição fosse percebida. Cordite é uma mistura de nitrato de celulose (65%), nitroglicerina (30%) e gelatina de petróleo (5%), que toma a forma gelatinosa com o auxílio da acetona, antes de ser colocada em cartuchos para uso.

Antes da guerra, a técnica de produção de acetona em larga escala era inadequada para suprir a demanda da Primeira Guerra Mundial. Como ministro de armamentos bélicos, David Lloyd George encarregou Chaim Weizmann, em 1904, de aumentar a produção de acetona usando um processo por ele inventado, que envolvia a fermentação das bactérias do amido de milho. As fábricas de Poole, em Dorset, e King's Lynn, em Norfolk, produziam até 90 mil galões de acetona por ano. Quando o fornecimento de milho diminuiu, foi suplementado por castanhas, colhidas pelas crianças nas escolas. Como as fábricas de munições ficavam escondidas, por questões de segurança, as escolas enviavam suas contribuições para escritórios do governo em Londres, e o correio central as enviava para as fábricas.

Eis como a acetona de Lloyd George deixou rastros nos cadernos escolares. Também deixou, em suas palavras, "uma marca permanente no mapa do mundo". Lloyd George ficou grato a Weizmann, um sionista apaixonado, tanto que, ao se tornar primeiro-ministro, deu a ele acesso direto ao secretário das Relações Exteriores A. J. Balfour. O resultado foi a famosa e controversa "Declaração Balfour", de 2 de novembro de 1917, que afirmava que o governo britânico via com bons olhos o "estabelecimento na Palestina de uma terra para o povo judeu". Quando o Estado de Israel foi fundado, em 1948, Weizmann foi eleito seu primeiro presidente, cargo em que ficou até sua morte, em 1952.

Michael Goode

Harwell, Oxfordshire, Reino Unido

Tony Cross, curador do Curtiss Museum, em Alton, Hampshire, chamou nossa atenção para anotações escolares similares encontradas em sua região e para uma explicação que recebeu sobre elas do Imperial War Museum. A resposta abaixo resume essa explicação. (N. do E.)

O Exército e a Marinha britânicos usaram por volta de 258 milhões de cartuchos durante a Primeira Guerra Mundial. O explosivo básico usado para a munição e outros fins militares era o cordite. Os solventes usados na fabricação do cordite eram a acetona e o éter-álcool.

A acetona era produzida inteiramente pela destilação destrutiva da madeira, cujo mercado era dominado pelos grandes países produtores. Antes da guerra, a acetona era importada principalmente dos Estados Unidos. Em 1913, uma fábrica moderna foi instalada na floresta de Dean, mas com o início das hostilidades, em agosto de 1914, os estoques de acetona para uso militar ficaram em apenas 3.200 toneladas. Logo ficou claro que a produção não iria alcançar a demanda crescente. Quando se descobriu que a acetona também podia ser produzida a partir de batatas e milho, novas fábricas foram construídas para se encarregar da produção.

Em 1917, a ofensiva dos submarinos alemães no Atlântico fez diminuírem os fretes, ameaçando o suprimento de milho vindo da América do Norte. Com a ameaça de uma queda séria na produção de acetona, foram iniciadas experiências para achar um substituto e descobriu-se que as castanhas podiam ser uma boa alternativa. Foram colhidas grandes quantidades de castanhas, mas apenas 3 mil toneladas chegaram à fábrica de King's Lynn. A colheita era restrita devido às dificuldades de transporte, e cartas de leitores do *Times* falam de pilhas de castanhas apodrecendo nas estações ferroviárias.

Em abril de 1918, após dificuldades iniciais de produção, a fábrica de King's Lynn começou a fabricar acetona a partir de castanhas. O trabalho foi dificultado pelo fato de estas serem de baixa qualidade. A fábrica finalmente foi fechada em julho de 1918.

Este livro foi composto na tipologia Minion,
em corpo 11,5/16, e impresso em papel
off-white 80g/m², no Sistema Cameron da
Divisão Gráfica da Distribuidora Record.